NICOLA CORNICK
Amor interesado

Editado por HARLEQUIN IBÉRICA, S.A.
Hermosilla, 21
28001 Madrid

© 1999 Nicola Cornick. Todos los derechos reservados.
AMOR INTERESADO, N° 1 - 29.8.13
Título original: The Larkswood Legacy
Publicada originalmente por Mills & Boon®, Ltd., Londres
Este título fue publicado originalmente en español en 2008

Todos los derechos están reservados incluidos los de reproducción, total o parcial. Esta edición ha sido publicada con permiso de Harlequin Enterprises II BV.
Todos los personajes de este libro son ficticios. Cualquier parecido con alguna persona, viva o muerta, es pura coincidencia.
® Harlequin y logotipo Harlequin son marcas registradas por Harlequin Books S.A.
® y ™ son marcas registradas por Harlequin Enterprises Limited y sus filiales, utilizadas con licencia. Las marcas que lleven ® están registradas en la Oficina Española de Patentes y Marcas y en otros países.

I.S.B.N.: 978-84-687-3168-1
Depósito legal: M-17027-2013

Uno

—¡Annabella! ¡Cómo puedes ser tan desmañada! ¡Desde luego, eres más torpe que un elefante!

Lady St Auby había visto recientemente esa criatura en la colección zoológica de lord Eaglesham, y la comparación le pareció brillante. A pesar de que había hablado en voz baja, en contra de lo que era su costumbre, sus palabras dolieron como un machetazo. Annabella St Auby se mordió un labio y enrojeció.

Aquella vez el delito había sido pequeño. Se había apartado para dejar que su suegra entrase antes que ella en las Taunton Assembly Rooms, como requería el protocolo, pero desagraciadamente lady St Auby estaba tan concentrada en sus cotilleos con la señora Eddington-Buck que no se dio cuenta de que se había detenido y chocó contra ella, lo cual le hizo perder el abanico y ladeó peligrosamente su peinado.

Menudo desastre... después de un año de luto, volvía a entrar de ese modo en sociedad. Angustiada como estaba, le pareció que todo el mundo cesaba en sus conversaciones y se volvía a mirarla. El peinado de su suegra, una obra que a la doncella le había costado cuarenta y cinco minutos de trabajo, se inclinaba irremediablemente hacia un lado; era consciente de haber enrojecido como un pulpo y para colmo, el hermano de su marido la miraba boqueando como un pez a medio ahogar y su mujer había bajado la cabeza como si fuera una tímida debutante.

—¡No te quedes ahí mirando como si fueras boba, muchacha! —espetó, dándole con el codo en las costillas—. ¡Jamás comprenderé cómo mi Francis pudo elegir a una mujer tan malcriada como tú!

No era la primera vez que hacía ese comentario. Lady St Auby no ocultaba el hecho de que consideraba que su único hijo se había casado por debajo de sus posibilidades, y Annabella se mortificaba por no ser la heredera que había prometido ser. Su serenidad la ayudó a salir del apuro y a pasar por alto el vulgar comentario de su madre política, aun cuando la señora Eddington-Buck ocultaba la risa tras una mano.

Las reuniones que se celebraban en la Taunton Assembly no eran ni mucho menos el crisol de la alta sociedad, pensó Annabella, mientras seguía a sir Frederick y a lady St Auby y atravesaban el abarrotado salón de baile para colocarse cerca de la puerta. En Bath hubieran podido disfrutar de más eventos sociales, pero los St Auby carecían de los fondos necesarios para tales desplazamientos. La compañía de aquella noche consistiría, sin duda, en el grupo de cazadores y tiradores con el que sir Frederick se relacionaba siempre, y la velada se alargaría penosamente sin nada que destacar. Aquellos raídos salones necesitaban urgentemente una mano de pintura y Annabella suspiró. Se sentía igual que aquellas paredes. Su vestido de noche había estado de moda hacía tres años, pero aun entonces había sido confeccionado por el ama de llaves de su padre siguiendo un patrón de la revista *Ladies Magazine*. Recién hecho era de un tono malva, pero a aquellas alturas era de un lavanda desvaído, que servía para el medio luto apropiado en una esposa que había perdido tan trágicamente a su marido un año antes.

Se habían detenido varias veces mientras lady St Auby intentaba encontrar la posición más ventajosa en la que esperar a ser vista y saludada por lo mejor de aquella reunión. Desgraciadamente, los mejores lugares estaban ya ocupados y la señora tardó un rato en decidirse, empleando a fondo los codos contra una joven despistada y apartando una maceta con una palmera ligeramente a la derecha para que no obstaculizara su campo de visión. Todos se colocaron en torno a ella pero, casi inmediatamente, lady St Auby se volvió a mirar a Annabella frunciendo el ceño.

—¡Sonríe, muchacha! —le dijo, tirándose de los guantes con tanta fuerza que el borde se desgarró—. ¡Nadie creerá que tienes ganas de pasar una velada agradable si te quedas ahí con esa cara de vinagre!

Varias personas se volvieron al oírla y Annabella enrojeció todavía más.

—Le ruego que no...

—¡Lady Oakston! ¡Sir Thomas! —de pronto ya no tenía tiempo para las equivocaciones de Annabella porque se deshacía en sonrisas—. ¡Cuánto me alegro de volver a verlos! —exclamó con la fuerza de una torrentera, y Annabella pudo volver su atención al salón.

Parecía muy abarrotado aquella noche, pero

quizá se lo pareciera por su falta de costumbre... lady St Auby dedicaba una sonrisa bobalicona a otro grupo de conocidos que se acercó a saludarlos.

—Una terrible pérdida para nosotros —decía lady St Auby a lady Oakston, enjugándose una lágrima—. ¡Mi querida nuera estaba tan destrozada por el dolor que hemos temido que se volviera una reclusa!

Su suegra se volvió hacia ella con una sonrisa falsa, esperando que le devolviera el comentario, pero Annabella guardó silencio. Podía tener sus defectos, pero la hipocresía no figuraba entre ellos.

—¡Pobre criatura! —dijo la señora Eddington-Buck, con una ausencia absoluta de compasión.

Tras pasarse un año secuestrada en la casa decrépita que los St Auby llamaban hogar, aquellas luces brillantes le resultaban casi cegadoras. Como joven que era, deseaba experimentar nuevas emociones, pero estaba segura de que no iba a poder encontrarlas entre aquella partida de caza, experta en beber mucho y pasar jornadas enteras montando a caballo.

Antes de casarse, su vida en la ostentosa casa de su padre había sido aburrida y vacía, y por un instante había pensado que su matrimonio podría abrirle las puertas de un círculo social más amplio, pero al igual que le había ocurrido a su padre, ella tampoco había sido aceptada. Y ahora su padre y su marido estaban muertos, y ella se había quedado atrapada como la pariente pobre en una sociedad de campo que una vez la miró con curiosidad, pero que ahora ya ni siquiera reparaba en ella.

Lo curioso era que toda la buena sociedad de Taunton estuviera allí aquella noche, y era inevitable preguntarse por qué. Las miradas de aquellas mujeres enjoyadas la contemplaban con desprecio, burlándose de su viejo vestido con una sonrisa satisfecha. Las miradas de los hombres eran aún más equívocas, más penetrantes, más familiares... y Annabella sabía que todo era culpa de Francis, que cuando bebía más de la cuenta hablaba a voces y sin reservas de cuestiones que debían mantenerse en el secreto de marido y mujer. Sus camaradas, divertidos, le animaban a seguir, hasta que todo Taunton parecía saber detalles íntimos de ella que la avergonzaban.

Annabella suspiró al recordar a su marido. Tenía que admitir que ella era culpable del cargo de haber seducido al orgullo de los St Auby, porque le había creído el único modo de escapar de su padre. Débil y disoluto, a Francis St Auby le gustaban las mujeres y el juego, y Annabella había accedido a aquel matrimonio sabiéndolo todo, consciente de la amenaza que se cernía sobre su futuro por ambas cosas. Había comprado a Francis con la promesa de su fortuna, porque sabía por instinto que no despertaría en él ningún otro interés. Como era de esperar, Francis había tomado querida en la ciudad antes incluso de que se leyeran las amonestaciones, pero se decía que la fortuna de Bertram Broseley era inmensa y aquella razón le había bastado para casarse con su heredera, en una ceremonia a la que casi seguro asistió su amante. Annabella, que sabía muy bien que el carácter de Francis no iba a mejorar, sonrió de la mañana a la noche del día de su boda hasta que le dolió la cara, consciente del precio que había decidido pagar para evitar el plan que su padre había trazado para su futuro.

Al principio las cosas no habían ido del todo mal. Bertram Broseley, aunque de mala gana, les asignó una cantidad de dinero que les permitía vivir razonablemente cómodos. Ella apenas veía a Francis, que se pasaba el tiempo con su amante o en las tabernas de los suburbios que frecuentaba. Hasta que inesperadamente, dieciocho meses atrás, Broseley murió, y el desastre abrió sus fauces. No había nada que heredar. La legendaria fortuna se la tragaron las deudas que dejó su padre. Meses más tarde, tuvieron que dejar la casa de la ciudad que tenían alquilada y trasladarse a la casa que poseían los padres de Francis, con lo que su temperamento siempre incierto se volvió agresivo por la desilusión, y se sumó a las quejas constantes de su madre contra su mujer por haberle engañado al casarse. Lady St Auby se quejaba de ello a los cuatro vientos y Francis cada vez pasaba más tiempo bebiendo y jugando. Una noche se vio envuelto en una pelea por unos dados trucados. Estaba tan bebido que se cayó y se golpeó la cabeza en una piedra de la chimenea. Así acabó todo.

De nuevo lady St Auby llamó su atención golpeándole en las costillas, pero aquella vez estaba que no cabía en sí de excitación.

—¡Mira, Annabella! ¡Millicent! —agarró a lady Eddington-Buck por un brazo—. ¡Es Mundell! ¡Y el conde y la condesa de Kilgaren, en una reunión en el campo como ésta! ¡Qué maravilla! —una sombra apareció en su rostro—. ¿Y si el vizconde no nos recuerda? ¡Dios mío, si no nos saluda, me moriré de vergüenza!

Annabella los vio entrar. Ahora comprendía que hubiese allí tanta gente. Una vez, hace mucho tiempo, se creyó enamorada del vizconde Mundell, un hombre excepcionalmente atractivo de un modo un tanto agresivo, y que por otro lado, era uno de los principales terratenientes del condado, lo cual le habría conferido un irresistible atractivo aunque hubiera sido más feo que un pecado. Aquella noche había acudido al salón con un pequeño grupo de cuatro señoras y tres caballeros, todos ellos recibidos en aquel momento por sir Thomas Oakston, que se deshacía en reverencias. Las señoras atusaron sus atuendos y se irguieron para mostrar su mejor perfil, mientras intentaban saber quiénes eran los caballeros que le acompañaban y lanzaban miradas como dardos a las damas que tenían la buena fortuna de acompañar al vizconde.

—¡Déjame ver! ¡Déjame ver! —la señora Eddington-Buck estiraba el cuello para mirar por encima de las cabezas de los allí reunidos, y mientras lo hacía espachurró un pie de Annabella—. ¡Ah, qué elegancia! —exclamó, y tras mirarla de soslayo, añadió—: ¡Qué fácil es reconocer a las personas de calidad, lady St Auby!

Annabella contestó con una rígida sonrisa. Su suegra y la amiga de su suegra nunca dejaban de recordarle que Bertram Broseley había sido un comerciante, rico eso sí, pero un comerciante que nunca podría aspirar a ser tenido en cuenta en la buena sociedad. Su matrimonio con la hija de un conde podía ser convenientemente olvidado, ya que su esposa había fallecido al dar a luz a Annabella y su padre nunca había vuelto a intentar casarse por encima de su nivel social. Las buenas conexiones de Annabella eran una espina que lady St Auby tenía clavada desde siempre: su abuela era la condesa viuda de Stansfield, y tenía una hermana, la incomparable Alicia, que era marquesa. Pero Annabella estaba alejada de su familia. De no ser así, lady St Auby sin duda presumiría de ella, pero utilizaba ese distanciamiento para restregarle por las narices que su familia la había repudiado por no estar a su misma altura.

Tragó saliva. Durante los últimos e insoportables meses había estado dándole vueltas al distanciamiento de su hermana, seguramente empujada por la desesperada situación que vivía en la casa de los St Auby. Alicia era siete años mayor que ella y siempre le había parecido distante, un distanciamiento que su padre se había encargado de fomentar. Si se le ocurriera el modo de acercarse a ella, de sanar la herida… pero la verdad era que su hermana tenía motivos más que suficientes para no sentirse a gusto con ella, y eso no era fácil de solventar.

—¡Vienen! ¡El vizconde nos ha visto! Oh, Millicent… —lady St Auby casi no cabía en sí de gozo, dio un paso y plantó su imponente figura ante el pobre incauto—. ¡Cuánto honor, milord! Es un placer volver a verle, ¿verdad, Frederick?

Sir Frederick St Auby, que tenía bastante en común con su finado hijo, tuvo que esforzarse para apartar la mirada de una atractiva belleza rubia y masculló entre dientes:

—A su servicio, Mundell.

El vizconde no tenía ni idea de quién era la dama que le acosaba, pero tenía modales suficientes para capear la situación, aunque sus ojos grises dejasen traslucir su aburrimiento.

—¿Cómo está usted, *madam*? Sir... Espero que todos se encuentren bien —su mirada los recorrió a todos y se detuvo en Annabella—. ¡Señora St Auby! —una nota de sinceridad coloreó su voz—. ¿Cómo está usted? Albergaba esperanza de verla por aquí. Recientemente he tenido el placer de hablar con su hermana, lady Mullineaux. Fue una alegría comprobar que tanto ella como su niño se encuentran perfectamente.

Annabella tardó en reaccionar. No estaba segura de si se dirigía a ella. Estaba tan acostumbrada a desaires y desprecios que no podía creer que aquella deidad se estuviera dirigiendo a ella. Sonrió algo incómoda. No podía salir del estupor que le había causado que la reconociera. Aunque se habían encontrado en un par de ocasiones hacía ya mucho tiempo, tenía la clara conciencia de no haberle causado impresión alguna, y estaba segura de que sólo su parecido con Alicia le había ayudado a identificarla. Aunque nadie le había dicho jamás que fuera una belleza incomparable, tanto su hermana como ella tenían un rostro delgado, de pómulos marcados y barbilla firme que habían heredado de su abuela. Y ahora que había perdido tanto peso tras la muerte de su marido, la gordura que habría podido desdibujar sus facciones había desaparecido, confiriendo a su rostro un carácter casi angular. Su pelo era dorado mientras que el de su hermana era castaño, y el verde de sus ojos era algo más claro.

Lady St Auby parecía furiosa porque la atención del vizconde hubiera recaído en su nuera.

—Es una pena, pero desgraciadamente es mejor no hablarle a Annabella de lady Mullineaux. Mi nuera y ella no se entienden demasiado bien y hace mucho tiempo que no se ven. Ni siquiera la ha invitado al bautizo del pequeño Thomas...

No estaba dispuesta a que lady St Auby airease sus desacuerdos con su hermana ante toda aquella audiencia. Además, el velo de aburrimiento había vuelto a oscurecer los ojos de Mundell.

—Espero ver pronto a mi hermana y a su familia, milord —la interrumpió—. Es una alegría saber que se encuentran bien.

Mundell le contestó con una leve sonrisa e hizo ademán de seguir adelante, pues eran muchos los que le esperaban. Annabella supo que la consideraba torpe y aburrida, y eso la irritaba, pero cualquier barniz mundano que pudiera tener, o al menos la escasa sofisticación que poseyera, habían quedado desgastados por las críticas constantes de su marido y de su suegra, de modo que nunca había tenido ocasión de brillar.

Sin embargo, lady St Auby no se iba a dejar ignorar así como así.

—¿Y sus acompañantes, sir? Sería un honor que nos los presentara.

Por fortuna para los acompañantes del vizconde, casi todos estaban charlando ya con otras personas.

Sin embargo, el vizconde la satisfizo con cortesía:

—Lady St Auby, le presento a mi cuñado, lord Wallace, y a un gran amigo mío, sir William Weston...

Annabella, que estaba admirando la elegancia del vestido de lady Kilgaren, alzó la mirada. Sir William Weston se estaba inclinando ante ella con toda formalidad. El nombre no le decía nada, y al mirarle atentamente, no encontró en él nada fuera de lo común. Era algo más alto que el resto de caballeros, eso había que reconocerlo, con una anchura de hombros que sugería fuerza y resistencia, ambas características que nada tenían que ver con el héroe romántico de las novelas de Minerva Press. Todos ellos eran morenos y guapos, pero sir William no. Su rostro carecía de rasgos de interés, aparte de un saludable bronceado que sugería estancias en climas mucho más cálidos y su cabello castaño, que en las puntas era bastante más claro. Aparte de eso…

Annabella hizo una pausa en sus cavilaciones cuando él levantó la cabeza y la miró a los ojos. El corazón le dio un vuelco y su respiración se detuvo un segundo.

Dos

Los ojos de sir William eran de un azul fascinante, el mismo azul del mar en verano, al mismo tiempo soñolientos y despiertos al mirarla. Casi inconscientemente volvió a examinarle. No había reparado antes en la gracia de sus movimientos, en la fluidez que tan atractivos los hacía tratándose de un hombre corpulento. Su rostro tenía integridad y carácter y su sonrisa era igual que sus ojos: soñolienta y desconcertante, un gesto que sugería toda clase de posibilidades bajo la superficie... Annabella enrojeció hasta la raíz del pelo al ver que él la miraba con la misma atención y hasta parecía estar leyéndole el pensamiento.

—Señora St Auby... —sir William sonreía al tomar su mano—. He oído hablar mucho de usted, y hacía tiempo que deseaba conocerla.

Lady St Auby carraspeó ruidosamente y se interpuso entre ellos, antes de que Annabella pudiera responder.

—¡Un amigo del vizconde Mundell! —exclamó—. ¡Es un honor conocerle! ¿Es usted también terrateniente?

Ya puestos, podía preguntarle cuáles eran sus ingresos, pensó Annabella cerrando los ojos. No podía haber dejado más claros sus motivos.

A sir William no pareció afectarle su indiscreción.

—No, *madam*, no es ése mi caso por desgracia. Soy sólo un humilde marinero.

Lady St Auby hizo un gesto de desdén como si la idea le recordase el olor del pescado podrido. A diferencia de Annabella, no vio la mirada divertida del vizconde Mundell. La música empezó a sonar, pero no lo bastante rápido para tapar los comentarios de la señora Eddington-Buck sobre los arribistas que se colgaban de los faldones de la nobleza. La sonrisa de sir William no palideció, pero miró a ambas mujeres con aire pensativo. Annabella enrojeció todavía más. Sir William decía haber oído hablar de ella, y podía imaginarse con facilidad lo que se decía: la hija mercenaria de un comerciante era uno de los comentarios más halagadores que había oído de su persona, una impresión que lady St Auby acababa de confirmar con su comportamiento.

—Este baile lo tengo comprometido —dijo sir William, interrumpiendo sus pensamientos—, pero ¿puedo esperar verla más tarde, señora St Auby? Discúlpenme, por favor...

Y se alejó dejándola inquieta. No es que ella saliera demasiado, pero había conocido a unos cuantos hombres, algunos mucho más atractivos que sir William Weston. Pero ninguno emanaba la autoridad y el buen humor de éste, algo que le resultaba poderosamente atractivo...

—...la dama de azul es la hermana mayor de Mundell, lady Wallace —estaba diciendo la señora Eddington-Buck, y la pluma de su tocado se movía con la excitación de su portadora—. Y la de rosa es la otra hermana de Mundell, que aún está soltera. La otra dama es una tal señorita Hurst, de los Hurst de Hampshire. Allí —señaló—, la que está bailando con ese hombre tan extraño, sir Weston.

Annabella se abanicó con vigor. Hacía calor. Nadie la había sacado a bailar y se alegraba de ello, porque hacerlo supondría ganarse la ira de lady St Auby. Hacía mucho que no bailaba ninguna de las danzas populares tan de moda, ya que Francis solía estar demasiado bebido como para bailar, y siempre prefería las salas de juego. La señora Eddington-Buck y lady St Auby habían pasado a analizar los vestidos de las damas que acompañaban al vizconde, que por supuesto encontraban deliciosos. Para Annabella, el modelo de gasa rosa era demasiado sofisticado para una reunión en el campo, y la señorita Hurst resultaba muy fría y altiva con el suyo. Una vez más, no pudo evitar mirar a la esbelta figura de su acompañante.

—¡Qué vergüenza! —exclamó su suegra al ver a quién miraba—. ¡Echando las redes a otro hombre cuando mi pobre hijo está todavía caliente en su tumba!

No era el mejor de los auspicios para el primer caballero de la noche que se le acercara, y el corazón se le cayó a los pies al ver de quién se trataba. Con su llamativo uniforme rojo y su encantadora sonrisa, el capitán George Jeffries se había acercado sin que ella se diera ni cuenta. Ejecutó una perfecta reverencia ante su suegra, que lo miró apretando los labios en señal de desaprobación, y sacó a Annabella a bailar con la suficiencia del que considera suya una propiedad.

—Debes estar muy triste esta noche, amor mío

—observó con desparpajo—, porque apenas has hablado una sola palabra. ¡Fíjate! —exclamó, dedicándole la sonrisa que debía considerar más atractiva—. ¡Me he delatado! ¡Ahora ya sabes que llevo todo el tiempo observándote!

Su actitud era intolerable.

—No le he visto llegar, sir —contestó con frialdad. No le gustaba flirtear, y menos aún con Jeffries. Hubo un tiempo en el que, quizá, hubiera podido encontrarle atractivo; un tiempo en el que se sentía particularmente sola y vulnerable y en el que él se había aprovechado hábilmente de todo ello.

—Claro que no. Estabas demasiado ocupada coqueteando con el vizconde para reparar en un oficial de media paga —dijo, y se acercó más—. Pero no deberías despreciarme así. ¿Cuánto tiempo más...

—¡Haga el favor de no acercarse tanto, sir! —le dijo azorada y consciente de que varias parejas estaban pendientes de su conversación—. ¡Y le ruego que no se dirija a mí en ese insidioso susurro!

Jeffries retrocedió como si le hubiera abofeteado. La figura del baile los separó un momento, pero volvió a unirlos enseguida.

—Entonces, ¿dónde y cuándo puedo dirigirme a ti?

El encanto casi infantil que utilizaba se había visto reemplazado por una expresión malhumorada y recalcitrante que le recordaba a la de Francis cuando estaba de mal humor. Sabía que en el pasado las atenciones de Jeffries habían sido bien recibidas por su parte, particularmente en aquellos largos y aburridos meses de encarcelamiento en Hazeldean que habían seguido a la muerte de Francis. Su admiración había sido para ella como un bálsamo después del constante mal humor de Francis y las críticas de su suegra. Quizá incluso le hubiera permitido más libertad de la debida, aunque nunca había pretendido que su relación llegase a nada más... Ahora estaba claro que eso era lo que él pretendía y la idea le produjo un asco insoportable. Tenía que dejarle clara cuál era la situación.

—¡En ninguno, señor! Sus atenciones no son bienvenidas.

Y dicho y hecho: Jeffries decidió ponerles fin inmediatamente. Quizá no fuera el mejor modo de hacerlo, dejándola plantada en mitad del salón y desapareciendo por la puerta. Las demás parejas como es lógico seguían bailando y cuando estaba intentando encontrar el modo de salir de entre aquel laberinto, una mano tiró de ella para ayudarla.

—Perdone mi precipitación, *madam* —se disculpó William Weston—, pero he temido que se produjera un accidente.

La había rodeado con los brazos para que no perdiera el equilibrio, pero se habían quedado tan cerca que incluso oyó el latido de su corazón al quedar brevemente apoyada su mejilla contra su pecho. Sir William retrocedió.

—Discúlpeme, *madam*. Espero no haberle hecho daño.

Su contacto había provocado un terremoto de sensaciones en su interior, de tal modo que no sabía cómo reaccionar.

—Ha sido usted de lo más oportuno, señor. Le doy las gracias.

Y al volver a mirar sus ojos, sintió todo el impacto de su personalidad.

—Imagino que lo que acabo de presenciar ha sido su modo de deshacerse de un admirador no deseado —comentó—. ¡Ha debido ser usted implacable para que el joven reaccionase de ese modo! Y ahora que estoy yo en su lugar, ¿en qué puedo servirle?

Nunca había pensado en George Jeffries como en un joven, pero había algo en el tono de Weston que le hizo verle de pronto como un joven atolondrado luciendo uniforme, que comparado con aquel hombre... en realidad, no había comparación posible. Al tiempo que intentaba precisar la naturaleza de la diferencia, vio que su suegra le hacía gestos desde el otro lado de la sala, y el corazón se le cayó a los pies. Lady St Auby se creía su carcelero, y no quería otra escena.

—Quizá podría acompañarme junto a lady St Auby —le dijo de mala gana.

—¿Ah, sí? —sonrió sir William—. Teniendo usted por suegra a ese viejo búho, ¿desea volver a su lado? Qué extraño.

Annabella intentó no sonreír, pero no lo consiguió. En el fondo no tenía nada de malo flirtear con un hombre tan atractivo y enigmático como sir William. Además, hacía tanto tiempo que un hombre no mostraba interés en ella, aparte del capitán Jeffries…

—Lady St Auby puede tener un temperamento un tanto imprevisible, pero…

—Le juro que es la descripción más sorprendente que he oído en mucho tiempo. ¡Debe ser usted una verdadera virtuosa para describirla en tales términos!

Annabella se rió.

—¡De ningún modo, señor! Lady St Auby lo hace lo mejor que puede con una nuera a la que nunca aprobó y que ahora se encuentra a su cargo y sin un céntimo. No es fácil para ella, se lo aseguro.

—¡Es usted realmente la caridad personificada,

señora St Auby! Como veo que su generosa madre política se acerca, comprobaré si lo que me dice es cierto.

—¡Oh, no! —miró por encima del hombro y la vio avanzar hacia ellos con determinación, y al volverse hacia sir William, él se echó a reír.

—No se preocupe, que pienso protegerla. Será mejor que parezca que conversábamos sobre algún asunto inocuo. Eh... sí, mi barco ha estado anclado en las Indias Orientales durante dos años... —alzó la voz en beneficio de la matrona que se acercaba—, y el tiempo es sin duda demasiado caluroso para nuestro temperamento británico. ¡Ah, lady St Auby! —la saludó—. A sus pies, *madam*. Estaba diciéndole a su encantadora nuera que nuestro clima es mucho más saludable que el de otras zonas más calurosas del globo.

Lady St Auby estaba en un dilema. No deseaba ofender a un amigo del vizconde Mundell, aunque para ello tuviera que desperdiciar la oportunidad de reprender a Annabella por flirtear con otro hombre, de modo que se obligó a sonreír.

—¡Tiene usted mucha razón! No hay nada en el extranjero —pronunció la palabra con un marcado desprecio—, que pueda compararse con nuestra patria. Los franceses son desmedidos, los rusos incivilizados... aunque he oído decir que el Zar es un hombre encantador, y en cuanto a las

Indias... —lady St Auby respiró hondo—. ¡Qué lugar tan bárbaro! Antes dijo usted que era marino, ¿no es así? Supongo que ésa es la razón de su estancia en semejante lugar.

Por su tono pretendía decir que prestar servicio en los barcos de Su Majestad no era algo de lo que sentirse orgulloso, y que su aspecto tosco se debía a las inclemencias del viento y el clima.

Sir William sonrió sin darse por aludido.

—Exactamente, *madam*. He servido durante las últimas guerras americanas, pero ahora que el conflicto ha terminado, he vuelto a casa.

Lady St Auby hizo un gesto de desprecio. No es que estuviera al tanto de las relaciones angloamericanas, pero sabía reconocer a una raza de desagradecidos advenedizos.

—¡Esos yankees presuntuosos! Espero que nuestra flota los haya puesto en su sitio.

—Me temo que no, *madam* —la sonrisa de sir William fue triste, pero Annabella hubiera jurado que estaba disfrutando de lo lindo con aquella conversación—. Lamento decirle que la flota americana, aunque inexperta, posee barcos más veloces que cualquiera de los que se hallan al servicio de Su Majestad.

—El Constitution es uno de ellos, ¿no es así? —intervino Annabella—. He leído que es una fragata mucho más rápida que las nuestras —sir

William la miró frunciendo el ceño y ella se sonrojó—. Lo he leído en el *Times* —añadió a modo de disculpa—, cuando el Guerrière resultó hundido a manos de los americanos.

—Algo impropio de una dama —espetó lady St Auby.

—Yo diría más bien digno de alabanza —replicó sir William—. Alguien bien informado sólo puede recibir alabanzas.

Lady St Auby lo miró con desagrado.

—Inglaterra va a tener problemas con esas enormes fragatas —continuó sir William.

—¡No debería mostrar usted esa falta de patriotismo, señor! Espero que nuestro querido lord Nelson tenga más fe en su propia armada que la que parece tener usted.

Hubo una incómoda pausa.

—Fue el propio lord Nelson quien pronunció esas palabras, *madam* —aclaró sir William, y Annabella dejó escapar una risilla muy a su pesar.

Seguramente fue un golpe de buena suerte que el vizconde Mundell eligiese precisamente aquel momento para acercarse a ellos, ya que lady St Auby estaba enrojeciendo como el cuello de un pavo.

—¿Aburriendo a las damas con tus historias de navegación, Will?

Sir William sonrió.

—¡Ya ves, Hugo! ¡Las malas costumbres de los marinos!

—En ese caso, no sentiré remordimientos por privarte de la compañía de la señora St Auby —respondió Mundell con una sonrisa—. ¿Me haría el honor de bailar conmigo?

Y Annabella se encontró girando en la pista, convencida de pronto de que su vida estaba tomando un giro inesperado.

Enseguida descubrió que bailar con el vizconde era una experiencia muy agradable, ya que se descubrió como un magnífico bailarín, y los pasos que tenía ya oxidados volvieron a ella con facilidad.

—¡Bravo, *madam*! —la alabó Mundell al terminar, cuando las mejillas de Annabella estaban sonrosadas y le brillaban los ojos—. ¡Fíjese el bien que puede hacerle escapar de esa vieja arpía que tiene usted por suegra! —y tras ignorar la protesta de Annabella, le ofreció el brazo para conducirla a un rincón tranquilo—. No tenía ni idea de que íbamos a encontrarla tan necesitada de rescate.

—¿Íbamos, señor?

—Mis amigos y yo. Will Weston es un buen amigo de su cuñado, James Mullineaux, y cuando lady Mullineaux supo que íbamos a venir unos días, nos pidió que comprobáramos cómo se encontraba usted. Tengo entendido que hace tiempo que no se ven, ¿no es así? —le preguntó, enarcando una ceja—. Lord y lady Mullineaux se habrían unido a nosotros de no ser por su deseo de no separarse de Thomas, y por ser el niño tan pequeño para viajar, pero sé que su hermana está ansiosa por verla.

Annabella se llevó una mano a la frente. La cabeza le daba vueltas. Era increíble que su deseo de ver a Alicia fuera también el de su hermana y que le llegara de un modo tan pronto e inesperado. Y era todavía más sorprendente que su hermana, que no tenía razón alguna para pensar bien de ella, deseara darle otra oportunidad.

—¿Está usted seguro, señor? —le preguntó con incredulidad y esperanza—. Perdóneme que se lo diga, pero es que me parece muy poco probable que Alicia...

No quería entrar en detalle, pero Mundell sonrió.

—Desde luego, lo que haya entre su hermana y usted sólo es cosa suya, pero le aseguro que lady Mullineaux está deseando recuperar el contacto con usted.

¿Cómo era posible que aquel hombre se mostrara tan amable con ella? Por otro lado, la esperanza había florecido ante sus ojos, una esperanza verdadera, y mientras meditaba todo aquello la voz de lady St Auby reverberó en la sala como una campana.

—...y la condesa de Kilgaren es una amiga íntima de la hermana de Annabella —estaba diciéndole a una viuda vestida de púrpura—, y James Mullineaux y Mundell se mueven en los mismos círculos, así que no me sorprendería que la recogiese...

—¡Dios bendito, qué mujer más insoportable! —declaró Mundell con un estremecimiento—. Pero antes me he adelantado a Will, que seguro que quería bailar con usted, y ahora veo que viene hacia aquí, sin duda para reclamar lo que le he robado —dijo con una sonrisa—. ¡Will! ¡Qué poco corriente es en ti que me permitas ganarte por la mano! Y yo que te creía un gran estratega...

Sir William sonrió como lo haría un muchacho.

—Estaba distrayendo al enemigo —dijo, señalando con un gesto de la cabeza a lady St Auby—. Pero al final he ganado la partida, Hugo, porque el próximo baile va a ser mío, ¿verdad? ¿Me concede usted ese honor, señora St Auby?

Annabella estaba empezando a disfrutar de lo lindo. ¡Aquel baile estaba resultando ser el mayor evento del calendario de Taunton! No sólo había recibido la fantástica noticia de que Alicia quería volver a verla, sino que estaba disfrutando del inestimable placer de que los dos hombres más atractivos de la reunión se disputaran sus atenciones.

—Espero que no diera mi aquiescencia por garantizada —bromeó.

Sir William abrió los ojos de par en par.

—¡De ningún modo, *madam*! ¡Sería una locura subestimar a la presa de uno! Pero por otro lado... —ya tenía la mano rodeándole la cintura y casi sin darse cuenta estaban en la pista de baile— ...es también una locura no arriesgar por lo que se desea. Perdone mi falta de cortesía —concluyó fingiendo disculparse—. Al fin y al cabo, soy sólo un simple marino.

Annabella lo miró bajando la cabeza.

—Es usted demasiado severo consigo mismo. Yo diría que de simple, nada...

La risa fue la respuesta de sir William.

—¿Desde cuándo lee usted el *Times*, *madam*? —le preguntó un instante después.

—Mi padre solía llevar a casa todos los periódicos, y yo los leía con avidez, quizá porque viajaba tan poco mientras que sus barcos iban por todo el mundo que me gustaba imaginar que embarcaba en todos ellos e iba a todos esos lugares sobre los que leía.

—En más de una ocasión me encontré con barcos de Broseley's mientras estuvimos en las Indias —contestó sir William, y Annabella percibió cierta seriedad en su tono.

—Lo sé... —reconoció en voz baja—. Traficaba con esclavos, armas y otras cosas igualmente lamentables. No era un hombre muy… escrupuloso en sus principios.

—Supongo que debió ser difícil para usted… —contestó con suavidad, y ambos se miraron a los ojos. Annabella sintió deseos de confiar en él. Había algo en aquel hombre que suscitaba una especie de afinidad que sabía que podía ser su perdición. Al fin y al cabo, era un completo desconocido. No sabía nada de él.

—Mi padre pasaba mucho tiempo fuera de casa, así que no le conocía bien. Luego me casé… —se encogió de hombros—, y aunque vivíamos cerca, lo veía todavía menos. Murió hace dos años.

—Se suponía que a su muerte dejaría una considerable fortuna, ¿no es así? Eso podría haber… suavizado su situación actual.

De nuevo experimentó aquella insidiosa sensación de comprensión, una proximidad que estaba empujándola a descubrirse ante él. Nunca había tenido un confidente y la tentación era enorme, pero también era demasiado peligroso.

—Habría sido agradable ser rica a la muerte de mi padre, pero no con el dinero ganado de un modo tan vil. En fin… hábleme un poco de usted. ¿Cómo piensa pasar el tiempo ahora que ha vuelto a casa?

Weston aceptó el cambio de conversación con gracia, pero no sin mirarla antes atentamente con aquellos ojos suyos tan azules.

—Pretendo instalarme en el campo —contestó con una sonrisa—, y hacerme granjero. Sé que puede parecer manido, pero las delicias de la capital me atraen poco. ¡Ya las disfruté suficientemente en mis días de juventud!

—¿Cree que será capaz de permanecer largo tiempo en el mismo sitio? Ha pasado tanto tiempo viajando que a lo mejor encuentra un poco restrictiva la vida en tierra.

Sir William se quedó pensativo.

—No puedo negar que la mar es un lugar que adoro, pero tengo mi barco si en algún momento decido volver a navegar. No es tan grande como el Endeavour, por supuesto, pero me basta. ¡Y también puede uno cansarse de no tener un hogar estable!

Su mención del barco le hizo pensar. No había nada en la vestimenta de sir William que sugiriera una gran fortuna, y a pesar de su título, había dado por sentado que se ganaba la vida en la marina por necesidad y no por gusto, pero ahora que se fijaba con detenimiento, los signos estaban ahí. Su traje de noche era austero, sí, pero estaba claro que lo había confeccionado un buen sastre. En los pliegues blancos de su corbata brillaba un alfiler con cabeza de diamante y en la mano derecha llevaba un grueso sello de oro. De pronto se sintió expuesta con aquella ropa tan usada. ¿Cómo podía estarse mezclando con personas como Weston, Mundell y sus amigos, siendo nada más que una mujer de provincias sin dinero y sin barniz cosmopolita? La confianza que había ganado en aquellos últimos instantes desapareció como por ensalmo.

Sir William frunció el ceño. Debía haber presentido su retraimiento.

—¿He dicho algo que la haya molestado, *madam*? Si es así, le ruego me disculpe...

Annabella contestó negando con la cabeza. El modo de aquel extraño de percibir sus reacciones era turbador. Era un peligro creerse capaz de entrar en el mundo de los títulos y los privilegios y escapar de la existencia que lady St Auby le hacía insoportable. ¿Y si lo intentaba y fallaba? Si Alicia no sentía un verdadero interés por poner punto final a su distanciamiento, si Mundell había intentado sólo ser amable, si Will Weston sólo pretendía divertirse... Su frágil compostura estaba a punto de venirse abajo.

Tres

La música estaba terminando e iba a pedirle a sir William que la acompañase junto a su familia cuando lady Kilgaren se acercó. Annabella sintió que el corazón se le encogía. Caroline Kilgaren era la amiga más entrañable de su hermana, y si alguien podía conocer los más sórdidos detalles de la ruptura entre las hermanas, sería ella.

—William, no he tenido la oportunidad de conocer a la señora St Auby —dijo con una cálida sonrisa. Era una mujer menuda, de corta estatura y muy rubia, y Annabella se imaginó que nadie podría resistírsele—. ¡Anda, sé bueno y tráenos a las dos un vaso de limonada! ¡Y no tengas prisa por volver! —añadió.

Sir William exageró la reverencia y partió en busca de los refrescos, deteniéndose en el camino a intercambiar unas palabras con el vizconde Mundell. Caroline se volvió hacia ella con una sonrisa.

—Perdóneme por haber interrumpido de ese modo su conversación, pero la verdad es que quería conocerla y temía que lady St Auby volviera a raptarla antes de que hubiera tenido la oportunidad de hacerlo. ¡Pero como la veo cuchicheando con esa cotilla de Millicent Eddington-Buck, creo que tenemos tiempo! ¿Quiere acompañarme? —le preguntó, señalando dos sillas dispuestas en un rincón tranquilo.

Annabella accedió. Había algo en aquella mujer que sugería que la resistencia no tenía sentido. La estaba mirando atentamente y Annabella se sintió de pronto muy nerviosa.

—Perdóneme por mirarla así —dijo con franqueza—, pero es que se parece usted mucho a su hermana. ¡Los caballeros ya se han dado cuenta!

Annabella enrojeció.

—¡Oh, *madam*, ya quisiera yo tener la décima parte del estilo de mi hermana!

—Es sólo la ropa. El resto ya lo tiene, y el barniz de la ciudad siempre puede adquirirse. Pero me he dado cuenta de que se ha sobresaltado cuando me ha visto acercarme —añadió en tono consolador, con lo que Annabella se sintió como si tuviera diecisiete años—. Sólo quería decirle que sé que Mundell le ha hablado de Alicia, y que todo lo que le ha dicho es cierto. Su hermana desea verla más que todas las cosas del mundo —le confirmó, tocando su mano—. Sé que las dos se separaron enfadadas, pero Alicia cree que debieron ocurrir cosas que ella no supo.

Lady Kilgaren la observaba atentamente. La Annabella St Auby que había conocido y de la que habían hablado Will Weston y Hugo Mundell no se parecía en nada a la criatura avariciosa y mal educada que de ese modo había alienado a Alicia Mullineaux. Su amiga había acertado al pensar que debía haber mucho más, y que la situación no podía deberse sólo al hecho de que su hermana hubiera crecido a imagen y semejanza de Bertram Broseley.

—He de decirle, *madam*, que...

—No —la interrumpió Caroline—. Si desea contarme algo, yo me sentiré muy honrada, pero no es necesario que lo haga. Tómese su tiempo. Piénselo. Sólo quería que supiera que su hermana está deseando verla. Me dijo que tenía intención de escribirle enseguida. ¡Vamos, mujer...

—había visto que a Annabella se le habían llenado los ojos de lágrimas—, que no hay por qué ponerse triste!

—Es usted muy amable, *madam* —le contestó, secándose las lágrimas antes de que pudieran verla—. Si supiera lo mucho que he deseado poder volver a saber de mi hermana…

—¡Ahora lo conseguiremos! —sonrió.

—¡Caro! —Marcus Kilgaren estaba ante ellas con dos vasos de limonada—. Will me ha dado esto para vosotras, aunque no sé si las queréis —e inclinándose ante Annabella, la saludó—: ¿Cómo está usted, señora St Auby? Sir William iba a venir a rescatarla, pero me temo que le tiene demasiado miedo a Caroline.

—¡Qué tontería! —contestó la aludida, poniéndose en pie—. Will Weston ha batido a enemigos mucho más fuertes que yo.

—Pero ninguno tan decidido, cariño —contestó Marcus—. Ven a bailar conmigo y deja que el pobre ocupe tu silla. ¡Está languideciendo al otro lado del salón!

Era imposible imaginarse a sir William de la manera que Marcus lo describía, pensó Annabella, y al volverse a mirar confirmó su opinión: estaba bailando con Charlotte Mundell, algo que despertó en ella una punzada de celos. ¿Y a santo de qué? Acababa de conocerle, y no tenía derecho a resentirse porque prestara atención a otra mujer. Apenas Marcus y Caroline se alejaron para bailar el cotillón, el vizconde Mundell ocupó el asiento de Caroline y estuvieron charlando de esto y de aquello durante un rato.

—Me temo que he de volver a echarte, Hugo —dijo sir William unos diez minutos más tarde, cuando Annabella se reía de una anécdota de caza que había protagonizado sir Frederick St Auby—. ¡La señorita Hurst me ha asegurado que tiene este baile comprometido contigo, y no te lo va a perdonar si la plantas!

Mundell miró muy serio a su amigo durante un instante, pero Weston no se alteró. Se levantó de mala gana.

—No te creo ni una palabra, William —dijo Mundell—. ¡Se te ve el plumero! Pero por esta vez, voy a hacer lo que me pides. A sus pies, señora St Auby.

Se levantó y sir William ocupó el asiento con prontitud.

Annabella se lo quedó mirando un momento. ¿Cómo habría podido pasarle por alto, considerándole un hombre corriente? Bajo su aire de indolencia había una serenidad y una determinación formidables, pero no formaban parte del mismo mundo. Ni él, ni los demás amigos de Mundell. El rutilante y privilegiado mundo de la aristocracia no era para ella, y aunque pudiera dar la impresión de que la consideraban su más nueva diversión, no debía creerse parte de su círculo. La tristeza que sentiría cuando se olvidasen de ella y tuviera que volver a su vida de siempre sería intolerable.

—Parece usted muy seria, señora St Auby —comentó él—. No será porque es usted puritana y nos considera un grupo de indolentes que sólo buscan placer, ¿verdad?

Annabella sonrió.

—Me divierten los bailes tanto como a cualquiera, pero fíjese por ejemplo en aquella escena.

Sir William siguió la dirección de su mirada. Nada menos que cuatro jóvenes rodeaban al vizconde Mundell, mirándole arreboladas, pendientes de todas sus palabras. Un poco más allá, sir Thomas Oakston halagaba a la señorita Mundell mientras su mujer alababa el vestido de la señorita Hurst.

—Así es el mundo. Todos quieren ser amigos de lo poderosos.

—Por lo que veo es usted tan cínico como yo, señor —contestó riendo, y él la invitó a levantarse.

—Venga a bailar conmigo, señora St Auby. ¡Necesito que me proteja de todas estas depredadoras!

Era innegable que le gustaba bailar con él. No

podría ser de otro modo, después de haber estado recluida en la casa de los St Auby. Y que sir William disfrutase de su compañía era una sensación tan embriagadora como la de un buen vino. La pieza que bailaron iba a ser la última de la velada y cuando concluyó le dio las gracias.

—Ha sido un verdadero placer, señora St Auby. ¿Puedo ir a visitarla mañana?

La fórmula que había empleado era convencional, pero había algo en su expresión que la hizo estremecerse.

—Si es su deseo...

—Gracias.

Su sonrisa era devastadora. Sir William hizo una cortesía y besó su mano, dejándola tan impresionada como la primera vez que se vieron.

Una vez en la intimidad del carruaje que los conducía a casa, lady St Auby se mostró mordaz:

—¡Eres una criatura manipuladora, artera y perversa! ¿Crees que Mundell y sus amigos van a incluirte en su círculo? ¡No te engañes! Ahora deben estar ya riéndose de ti. ¡Y les faltará tiempo para correr a contárselo todo a tu hermanita!

Lady St Auby sabía bien cómo hacer daño, pero Annabella decidió una vez más no contestar. Sin duda era poco probable que sir William Weston buscara en ella otra cosa que no fuera divertirse a su costa. Lo mejor que podía hacer era olvidarse de aquella noche y sus placeres, olvidar lo maravilloso que había sido bailar en sus brazos, porque sin duda no acudiría a su cita al día siguiente y creer lo contrario sólo serviría para que su desilusión fuese aún mayor.

Cuatro

—Un caballero desea verla, *madam* —anunció la desaliñada doncella que lady St Auby empleaba porque no podían permitirse un mayordomo, mirando a Annabella con curiosidad. La señora nunca había tenido un admirador semejante. El capitán Jeffries había acudido a verla en muchas ocasiones, pero todo el mundo sabía que no era un caballero, y que le gustaba palparles el trasero a las doncellas cuando el ama estaba de espaldas. Pero aquel caballero era de calidad, sin duda.

Annabella se pinchó con la aguja con la que estaba bordando y una gota de sangre a punto estuvo de mancharle el bordado. No es que la pérdida hubiera sido gran cosa, porque no era especialmente hábil con la aguja y los pétalos de la rosa que acababa de terminar le habían quedado sólo regular. Dejó a un lado el bastidor y se levantó.

¡Había ido! Al levantarse aquella mañana se había convencido del todo de que sir William sólo estaba flirteando con ella, porque ¿qué interés podía tener en conocerla? La excitación de la noche anterior había terminado pareciéndole sólo un sueño que se desintegraría si intentaba tocarlo. Y sin embargo, allí estaba. A lo mejor se trataba de Jeffries, que había decidido presionarla un poco más, seguro de que acabaría sucumbiendo. Iba a preguntarle a la criada por la identidad de la visita, pero la muchacha ya había salido de la habitación.

Annabella corrió a mirarse en el espejo y suspiró. Su vestido rojo oscuro parecía casi negro por la poca luz que iluminaba las pequeñas habitaciones de la casa que los St Auby tenían en la ciudad, e incluso así podían verse las zonas en que el tejido estaba desgastado. Se había recogido el pelo en una trenza, renunciando a su intención de parecerse remotamente a las modelos que veía en los viejos ejemplares de las revistas de modas de Londres y París que les pasaba una amiga de lady

St Auby. En fin, no podía hacerle esperar más. Con el corazón acelerado, bajó por la estrecha escalera.

Sir William Weston la estaba esperando en el salón, y su estatura parecía dominar aquella estancia pequeña y de techo bajo. Llevaba un austero abrigo azul marino pero que de nuevo mostraba la maestría de quien lo había confeccionado, pantalón castaño claro, botas altas, ambas cosas elegantes sin estridencias, y la corbata blanca seguía estando dispuesta en complicados pliegues. En suma resultaba arrebatadoramente atractivo. Y cuando sonrió...

Atravesó la habitación en dos pasos y tomó su mano.

—¡Señora St Auby! Es un placer volver a verla, *madam*. Espero que el baile de anoche no la haya fatigado demasiado.

—Gracias, señor. Me encuentro perfectamente —contestó, sonriendo ante la idea de que no pudiera sobrevivir a un baile. Sin duda las jóvenes que sir William conocía podrían estar exhaustas del esfuerzo, pero ellas podrían quedarse en cama hasta el mediodía, y no tendrían que levantarse al alba para fregar como ella...

—En ese caso, ¿le gustaría venir conmigo a dar un paseo por el campo? Hace un día perfecto para ello, y tengo mi coche esperando fuera. Podríamos tomar el té en casa de los Mundell de vuelta.

Era un plan tentador, y Annabella no tardó en ponerse su capa y salir. Aunque no se hubiera tratado de acompañar a sir William habría aceptado con tal de salir de aquella tétrica casa.

Hizo una pausa para admirar los hermosos animales de tiro enganchados al coche. El carruaje, con sus líneas elegantes, estaba causando admiración. Annabella reparó en que sir William había preferido no llevar un criado y que un pilluelo de las calles estaba sujetando las riendas del coche más por admiración que por la moneda que le dio al partir.

—Se nota que sabe usted de caballos, señora —comentó cuando salían ya de las calles de la ciudad—. ¿Monta usted?

—Antes, sí —contestó, recordando con nostalgia lo mucho que disfrutaba de las salidas a caballo por las fincas de su padre—. Montaba a menudo antes de casarme, y sir Frederick tenía unas buenas cuadras antes de que no pudiera permitirse el gasto. ¡Y he de confesar que es un lujo que echo de menos!

Su entusiasmo le hizo sonreír.

—La próxima vez, podríamos montar —sugirió, y sus palabras reverberaron en el pensamiento de Annabella: la próxima vez...

Así que había pensado volver a verla... aquel pensamiento le hizo sonreír. Que un hombre tan atractivo como él buscara su compañía era algo nuevo y delicioso. Miró sus manos, que tan hábilmente conducían el coche, y contuvo un pequeño escalofrío.

—¿Le gustó el baile anoche? —preguntó sir William tras una pequeña pausa.

—Bueno, sí... supongo que sí.

Él la miró sorprendido.

—No parece usted muy segura de ello. ¿Acaso los bailes y las reuniones no son de su gusto? Creo recordar que me dijo usted lo contrario...

—¡Desde luego! Disfruto mucho con ellas —se rió—, y no es que haya estado en muchas. Me hacía dudar el hecho de que lady St Auby no debió disfrutar mucho con la velada, lo cual lo dificulta todo un tanto... —suspiró, recordando la regañina de su suegra de camino a casa, que había conseguido convencerla de que Mundell y su grupo sólo pretendían reírse a su costa, y que Alicia no tenía intención alguna de poner punto final a su distanciamiento.

—Anoche me di cuenta de lo difícil que debe ser para usted vivir en esa casa —comentó él—. ¿No ha considerado la posibilidad de vivir en algún otro sitio, *madam*?

Era una pregunta bastante impertinente viniendo de un hombre al que apenas conocía, pero sin duda era un hombre muy directo. Aun así, no sabía muy bien qué contestar, consciente de que lo que dijera sobre su situación, su matrimonio, su padre o su relación con Alicia la metería en un lodazal. Además, no estaba segura de hasta qué punto podía confiar en sir Weston.

—Lo he considerado, pero se me plantean algunas dificultades. No es un secreto que mi padre me dejó muy poco dinero y mi marido nada en absoluto. Y no quiero ser una carga para mi hermana, que además tiene razones más que de sobra para no desear mi presencia —se volvió a mirarle desafiante—. He llegado a la conclusión de que la única solución en mi caso es buscarme un modo de ganarme la vida.

—¿Ha pensado en emplearse como institutriz? —le preguntó él en voz baja y sin ningún matiz.

Annabella lo miró enseguida, intentando descifrar si se estaba riendo de ella, pero tenía puesta la mirada en el camino y no sonreía.

—Lo he pensado, pero a mi pesar he tenido que descartar la idea.

—Vaya. ¿Y eso por qué?

Tenía que estarse riendo de ella.

—Pues porque carezco de la formación necesaria. ¿Cómo voy a pretender que me paguen por enseñar a un niño lo que a mí no me enseñaron?

—¿Descuidaron su educación, señora St Auby?

—No, señor, por fortuna tuve unas cuantas institutrices espléndidas —dijo, reconociendo la verdad—. Fue mi propia actitud la culpable. No tenía paciencia.

—Entonces, olvidémonos del puesto de institutriz. Es una pena, pero de todos modos no habría valido. Es usted demasiado joven y demasiado bonita.

Annabella lo miró sorprendida.

—¿Cómo dice, señor?

Sir William sonrió.

—¡Sólo estaba diciendo que su relativa juventud y su apariencia hacen que esa ocupación no sea adecuada para usted! Siempre habría algún hijo impresionable, e incluso algún padre, que intentarían descarriarla.

Annabella enrojeció.

—Pero tengo otro plan.

—Es usted una mujer de recursos, *madam*. Estoy impresionado.

—¡Se está usted riendo de mí, lo sé, pero yo estoy hablando muy en serio! Pretendo organizar una biblioteca móvil.

Los caballos se encabritaron un poco cuando sir William tiró inesperadamente de las riendas, un fallo imperdonable en un conductor tan experimentado.

—Me sorprende usted, *madam* —contestó—. ¿Cómo pretende hacer tal cosa?

—He oído que el señor Lane, el propietario de Minerva Press, está dispuesto a contratar para tal ocupación a cualquiera que lo desee. ¡Y es tan rico que seguro que uno puede ganarse la vida con ello! En la biblioteca de Castle Street por una guinea se puede uno llevar todos los mejores libros, pero desgraciadamente aún no he podido permitírmelo.

—Un negocio al que no le falta mérito, sin duda, pero ¿dónde establecería usted su biblioteca, señora St Auby? Una ciudad costera o un lugar en el que tomar las aguas serían quizás los mejores emplazamientos. Supongo que su padre no le dejaría alguna propiedad que pueda servir a tal uso, ¿no?

—Tenía muchas propiedades, pero hubo que venderlas todas para pagar sus deudas. ¡De hecho, aún están los abogados intentando desenredar sus asuntos! Pero no albergo esperanza alguna de que pueda surgir algo adecuado. Ése es el único fallo de mi plan.

—Mmm... es una lástima —sir William había aminorado la marcha porque estaban pasando por una villa pintoresca—. En el resto, me parece un plan excelente. Pero hay otras alternativas, ¿no? También podría volver a casarse.

—Lo dudo —contestó. Parecía de nuevo apagada. Volvían a pisar terreno peligroso.

Sir William aminoró la marcha y se volvió a mirarla.

—Parece usted muy segura. ¿Cómo es posible saber lo que puede depararnos el futuro?

—No es posible, qué duda cabe, pero no creo que...

—Quizás, cuando se ha estado felizmente casado, es difícil imaginar que se vuelva a tener tan buena fortuna por segunda vez.

—Supongo que sí —el sol se ocultó tras una nube y Annabella se estremeció—. Y lo contrario también puede ser cierto.

—¿Quiere usted decir que si una persona ha sido desgraciada en su matrimonio, puede no querer arriesgarse a volver a pasar por tal situación? Si embargo, en el caso de su hermana, que tan desgraciada fue en el pasado, es ahora cuando ha encontrado la verdadera felicidad, precisamente por estar dispuesta a correr el riesgo.

—Me alegro muchísimo de que Alicia sea feliz —contestó con toda sinceridad y tragándose el nudo que se le había hecho en la garganta.

—Sí. Después de haber pasado tanto tiempo alejada de James y de haber tenido que soportar el escándalo de su matrimonio obligado, se merece la buena fortuna de la que disfruta ahora.

Sir William volvió a mirarla.

—Y usted, señora St Auby, ¿corrió mejor fortuna en lo relacionado con su padre? ¿También para usted hubo un marido escogido por él?

La pregunta la pilló desprevenida, y de pronto algo se le vino a la memoria: su padre, rojo de ira, gritando cuando ella le dijo que se negaba a aceptar el candidato que había designado para ella. Había podido aprender del ejemplo de Alicia, y estaba decidida a no rendirse. Pero aunque su padre no había conseguido casarla con quien él pretendía, sí que había conseguido envenenarle la vida.

—¿Es necesario hablar de estas cosas, señor? Las circunstancias que rodearon mi matrimonio no pueden ser de interés alguno para usted...

—Al contrario, *madam* —el tono de sir William era inflexible—. Me interesa y mucho, porque lo que le ocurrió a una hermana puede repetirse con la otra. Y tengo la extraña sensación de que su matrimonio por amor con Francis St Auby no fue tal cosa.

Annabella lo miró boquiabierta. Era una afrenta hablar de tales cosas con tanta ligereza. Nadie debería hacerlo, y menos un caballero al que le había expresado su falta de interés por hablar de esos asuntos.

—¡Es usted muy insistente, sir William! —respondió—. ¡Y posee una imaginación muy viva! Sus comentarios son impertinentes en extremo, señor. ¡Le ruego que detenga el coche y que me lleve a casa inmediatamente!

Miró a su alrededor y se dio cuenta de que no tenía la más remota idea de dónde estaban. El paisaje llano de Somerset Level se extendía a su alrededor, con sus campos verdeantes limitados por altos arbustos y diques llenos de agua en los que no se veía un alma. Su idea de bajarse y salir andando se reveló imposible. Haría el ridículo, o peor, se perdería. Entonces miró a sir William quien, obedeciendo a sus deseos, estaba deteniendo el coche en mitad del camino.

—Mis amigos me dicen siempre que no tengo decoro —dijo en tono arrepentido—. Es un auténtico problema para mí.

—¡Para usted, y para todos los demás, diría yo! ¡No sé cómo se lo aguantan sus amigos!

La sombra de una sonrisa tocó los labios de sir William.

—Creo que su carácter se parece mucho al de su hermana, señora St Auby —se admiró—. ¡Sabe muy bien cómo poner a cada cual en su sitio!

El brillo divertido de su mirada ponía a Annabella aún más furiosa, y a pesar de ser viuda, era joven e inexperta, y no tenía ni idea de cómo manejar a un hombre así.

—¿Debo entender, señor, que de verdad desea que conteste a una pregunta tan impertinente?

—Desde luego —contestó él con desenvoltura—. ¡Por eso la he hecho! ¡Y si no me contesta, no la llevaré de vuelta a casa!

Annabella enrojeció hasta la raíz del pelo.

—¡Está bien, señor: tendrá su respuesta! Supongo que le complacerá saber que sus sospechas están bien fundadas. ¡Me casé con Francis St Auby para escapar de lo que mi padre me tenía preparado! Tenía un socio en su negocio, un hombre parecido al primer marido de Alicia, aunque algo más joven y menos gordo, ¡y que sin duda hubiera vivido más tiempo!

»Todo el mundo creyó que amaba a Francis, pero la verdad es que me compré un marido con la promesa de mi fortuna, y lo hice simplemente para escapar a la alternativa. ¡Tenía demasiado orgullo para permitir que la gente pensase que mi matrimonio era una farsa, pero viví así todo lo que duró!

Los ojos le echaban chispas y tenía las mejillas arreboladas.

Hubo un silencio.

—Ha sido una falta de educación por mi parte presionarla de este modo, *madam* —dijo sir William sin dejar de mirarla—, pero soy incapaz de lamentarlo. ¿Desea seguir hablando de ello?

Annabella no podía dar crédito a lo que le estaba pasando, particularmente al hecho de descubrir que quería contarle más: la verdad sobre su matrimonio, su distanciamiento de Alice, las indignidades de su vida con los St Auby... palabras enredadas las unas con las otras en su cabeza, peleando por salir, por revelarlo todo, pero su parte más convencional estaba horrorizada ante tal posibilidad. ¿Cómo confiar en un perfecto desconocido? Seguía mirándole aturdida cuando él masculló algo entre dientes, tomó las riendas y dio la vuelta a los caballos.

—¡No! ¡Espere! —exclamó, poniendo una mano en su brazo, desesperada por no perder la oportunidad.

—Se acerca el coche del correo, señora St Auby —dijo—. ¡No puedo dejar el carruaje en mitad del camino!

Annabella volvió a enrojecer y se encogió sobre sí misma, deseando hacerse tan pequeña como fuera posible mientras sir William daba la vuelta hábilmente para quedar a un lado del camino. El coche del correo pasó a toda velocidad llenándolo todo de polvo, y ambos quedaron en silencio. El momento de confianza había desaparecido.

—Lo siento —le ofreció ella, aunque no sabía bien por qué se disculpaba.

—No se disculpe, *madam*. No tiene nada que reprocharse —sonrió, y tomó su mano entre las suyas. Annabella sintió que se le aceleraba el pulso—. Había olvidado que es usted joven y que yo pretendo llegar demasiado lejos demasiado rápido, un error que no suelo cometer. Y ahora —su tono cambió—, ¿quiere que vayamos a tomar el té a Mundell, o prefiere que volvamos directamente a Taunton?

Annabella sintió la tentación de volver a su casa para huir de la humillación, pero también deseaba prolongar el tiempo en compañía de sir William.

—Tomar el té me parece bien.

—De acuerdo.

Su tono no revelaba nada, y sintió que su frágil confianza se resquebrajaba. ¿Cómo podía haberse comportado como si fuera una niña? ¿Cómo había podido imaginar que un hombre como él, con su experiencia del mundo, podía tener el más mínimo interés en sus planes? ¿Y cómo había reaccionado de ese modo ante su pregunta acerca del matrimonio con Francis? ¡Había mostrado la misma desenvoltura que una niña de cinco años!

Cinco

Mientras ella permanecía en silencio a su lado, sir William Weston iba recordando la conversación que habían mantenido, aunque seguramente los términos en los que lo hacía la habrían sorprendido. Junto con todos sus amigos, había oído hablar a Alicia Mullineaux del distanciamiento de su hermana y de que Annabella compartía con su padre el carácter materialista y egoísta. Le había sorprendido e intrigado descubrirla tan inexperta e inocente, cuando se esperaba encontrar a una arpía descarada y demasiado madura para su edad. Había podido darse cuenta enseguida del tormento al que la sometía lady St Auby y se había decidido a ayudarla en lo que estuviera en su mano, aunque también estaba dispuesto a admitir que sus motivos no eran ya altruistas, puesto que no tenía tiempo que perder. William era hombre de acción, acostumbrado a analizar rápidamente las situaciones y a tomar decisiones, de modo que no había tardado en decidir que iba a ver adónde le llevaba su interés por Annabella St Auby.

Iba sentada en silencio y su rostro quedaba casi oculto por el ala de su sombrero, aunque deliberadamente mantenía la cara hacia un lado, como si estuviera avergonzada de lo que había pasado un momento antes. William sonrió. ¿Se daría cuenta de lo deseable que estaba con ese aire de inocencia, de distanciamiento? Sintió una fuerte tentación de parar y besarla, en parte por ver cómo reaccionaba, pero sobre todo por el placer de probar aquella boca dulce y rosada...

Habían llegado a las puertas de Mundell Hall, y William tuvo que concentrarse en la delicada tarea de hacer pasar el coche por las puertas con precisión milimétrica.

Cuando Annabella vio a los invitados de vizconde Mundell tomando el té bajo un enorme pabellón plantado sobre la hierba, casi lamentó el impulso que le había hecho aceptar la invitación de sir William. Lord y lady Wallace no estaban presentes, pero sí el resto de invitados de la noche anterior, y verlos allí, tan perfectos, tan favorecidos de la fortuna, la hizo sentirse vulgar y sucia.

—¡Ánimo, señora St Auby! —la animó sir William, tomándola por el brazo—. Está usted encantadora, es una compañía más que agradable y son una gente muy divertida, ya lo verá.

Annabella sonrió. Era curioso que aquel hombre tan enigmático hubiera percibido su incomodidad casi al instante. Y todavía lo era más que se preocupara lo suficiente para intentar tranquilizarla.

Cruzaron caminando por el césped hasta llegar al grupo, y Annabella se dio cuenta inmediatamente de la mirada burlona de la señorita Hurst al examinar su viejo vestido rojo y su simple sombrero. Ella llevaba un vestido a rayas rosas y blancas, y el pelo en un artístico recogido de bucles. Ante sí tenía un cuaderno de dibujo en el que había una acuarela de los jardines y la torre distante de la iglesia. Era bastante bonito. Pero uno de los dones de los que carecía aquella mujer era la generosidad, y cuando Annabella y sir William llegaron junto a ellos, acercó su silla hacia la señorita Mundell, excluyendo a Annabella del círculo.

Fue Caroline Kilgaren quien se apartó para dejarle sitio.

—¡Sir William! —lo saludó con coquetería la señorita Hurst, como si lo viera por primera vez—. ¡Venga a sentarse a mi lado! ¡Nos hemos aburrido enormemente sin su compañía! —arrulló.

Sir William no pareció afectado, pero se sentó a su lado. Así que de ese modo iban las cosas, pensó Annabella, y una pequeña llama de rebeldía comenzó a arder en su interior.

Llevaron más servicios de té.

—¿Han disfrutado del paseo? —preguntó Caroline Kilgaren con una sonrisa—. Ha tenido usted mucha suerte, ¿sabe?, porque sir William es un notable conductor y no suele llevar a nadie en su coche. Además, imagino que el campo estaría precioso en esta...

Antes de que Annabella pudiera contestar, intervino la señorita Hurst, bostezando ostensiblemente.

—¡Yo encuentro el campo sumamente aburrido! Bath y Cheltenham son tolerables, pero Taunton... ¿Os fijasteis en los trajes del baile? —sus maliciosos ojos castaños volvieron a posarse en el viejo vestido de Annabella—. ¡Algunas de esas capas debían estar ya de moda cuando mi padre estaba soltero! Y en cuanto a sus modales,

¿oísteis el modo en que sir Thomas Oakston se dirigía a nosotros anoche? No conoce el refinamiento, ni la...

—Me sorprende que permanezca tanto tiempo en el campo si tanto le disgusta, Ermina —intervino sir William con acento perezoso, y su mirada pasó de la señorita Hurst al vizconde Mundell. Ella enrojeció al instante, y Annabella comenzó a preguntarse si sir William le habría dicho la verdad al confesarle que sus amigos le soportaban de mala gana.

—¡Es usted un bromista, sir William! —declaró la señorita Hurst—. Pero ya me cobraré venganza más tarde. ¿Un duelo en el tiro, por ejemplo?

Las dianas de arquería estaban dispuestas a cierta distancia sobre el césped, y había un arco apoyado contra la silla de la señorita Hurst. Otro de sus logros, pensó Annabella sonriendo para sus adentros, sorprendida de descubrir que las conquistas de la señorita Hurst la divertían más que la hacían sentirse inadecuada. Sir William tomó la acuarela y la examinó pensativa.

—Es exquisita, Charlotte —le dijo a la señorita Mundell—. Si alguna vez le van mal las cosas a Hugo, tú podrías mantenerle con tu talento artístico.

La señorita Mundell quitó importancia al halago mientras la señorita Hurst rabiaba, ya que no quería que la atención del grupo se apartara de ella.

—¿Tira usted, señora St Auby? —le preguntó a Annabella.

Ella contestó que no con la cabeza, ya que tenía un bocado de bizcocho en la boca.

—Qué lástima —contestó—. Pero a lo mejor posee usted algún otro talento. Su hermana, lady Mullineaux, toca el piano exquisitamente. ¿Tiene usted ese mismo talento?

Annabella estaba empezando a sentirse como un espécimen científico, pero estaba decidida a no sentirse intimidada.

—Temo que mis habilidades musicales no son muchas —contestó, aunque siempre le habían dicho que tenía una hermosa voz y que sabía acompañarse bien—. Me temo que tengo pocas cualidades, señorita Hurst: manejo mal la aguja y dibujo peor.

La señorita Hurst, que no se había dado cuenta de la mirada divertida que Will Weston le había dirigido a Marcus Kilgaren, parecía escandalizada.

—¡Querida señora St Auby! ¿He de imaginar entonces que tales conocimientos no se valoran en su círculo? Supongo que las habilidades... comerciales deben valorarse más.

—Sin duda, *madam* —contestó Annabella, toda dulzura—. Mi padre me enseñó el arte del trueque a una edad muy temprana. También puedo estimar el valor de un cargamento de caña de azúcar...

Pero se interrumpió al ver que sir William la miraba pensativo.

—Ese talento es mucho más interesante, ¿no les parece? —era Marcus Kilgaren, que había acudido al rescate. Caro es un buen ejemplo —añadió, mirando a su esposa—. Su padre era un historiador que mantenía que las mujeres no debían ser hermosas sino inteligentes, de modo que teniendo en cuenta el potencial de Caroline y...

—Y la falta de él en su hermano Charles —intervino Mundell, y todos se echaron a reír.

—Él la enseñó. Caro ahora es una enciclopedia en arquitectura medieval.

—¿Ha visitado la iglesia de Stogursey, señora St Auby? —preguntó Caroline—. Es un magnífico ejemplo de...

La señorita Hurst volvió a bostezar.

—Mi padre nunca me enseñó algo tan fascinante —interrumpió—. Consideraba que la música, las labores de aguja y el dibujo medían el verdadero talento de una mujer educada —sonrió—. ¡Y yo me alegro de no haberle desilusionado!

Annabella estaba sintiendo la tentación de vaciar el contenido de la tetera sobre la cabeza perfectamente peinada de la señorita Hurst. Vio que Marcus Kilgaren miraba hacia otro lado para ocultar la sonrisa y luego intervino Mundell.

—Supongo, señorita Hurst, que incluirá usted una conversación fluida y una cabeza bien amueblada en su lista.

—El arte de la conversación, quizá —contestó, haciendo un gesto con la mano que parecía sugerir que ése era un talento natural en ella—. Y en cuanto a otra clase de conocimientos, tanta formación no es atractiva. ¡Creo que no he leído un libro en mi vida!

Annabella creyó ver una mueca de disgusto en Caroline y miró a la señorita Mundell, que estaba realizando un bordado que hasta la señorita Hurst alabaría. Ambas mujeres debían ser de su misma edad, y la primera parecía adorar a la segunda, pero pocas veces había tenido menos en común con alguien.

La conversación volvió a temas más generales, y Caroline Kilgaren se dirigió de nuevo a ella.

—Señora St Auby —le dijo en voz baja—, desde nuestra conversación de anoche mi determinación es aún mayor que antes para ayudarla a recuperar la relación con Alicia. Pensé en escribirle inmediatamente, pero luego me pregunté si no preferiría hacerlo usted misma. ¿Qué le parece?

Annabella se incorporó inmediatamente.

—¡Cómo me gustaría hacerlo, lady Kilgaren! Pero no sé si voy a saber explicarme... ¡y ése es el problema! ¿Podría... le importaría que yo le contase la historia? Así podría usted aconsejarme.

Caroline sonrió.

—¡Por supuesto que no! —contestó, levantándose—. ¿Ha terminado ya su té? Entonces la invito a dar un paseo por los jardines conmigo. La rosaleda está maravillosa y no se la debe perder.

Sir William había estado observándolas con particular atención e inició una conversación con la señorita Hurst justo cuando ésta iba a sumarse al paseo. Caroline tomó el brazo de Annabella y echaron a andar.

Seís

Los jardines resultaron ser verdaderamente hermosos. El césped estaba salpicado de altos y densos árboles de sombra y arbustos ornamentales, mientras que los parterres eran una verdadera cascada de colores. Escogieron un banco a la sombra de un enorme roble y Caroline se volvió hacia Annabella con una sonrisa.

—Dígame, querida: ¿cómo puedo ayudarla? ¿Cuál fue la razón de este penoso distanciamiento?

Annabella suspiró.

—Nunca he tenido la oportunidad de conocer

bien a Alicia. Como ya sabrá, ella es siete años mayor que yo, y cuando yo era pequeña ella ya estaba lejos, en el colegio, y después fue a Londres, a ser presentada en sociedad... —bajó la mirada—. Y luego nuestro padre la obligó a casarse con ese odioso George Carberry. Alicia me escribió varias veces después de la muerte de Carberry, pero nuestro padre no me permitió leer sus cartas. Creo que las devolvió o las tiró al fuego, no lo sé. Una vez vi una en la mesa del vestíbulo que una de las doncellas había dejado allí por descuido. Estaba a punto de abrirla cuando me la quitó de las manos y me mandó a mi habitación. Yo le habría escrito, pero no tenía su dirección.

—Alicia se imaginaba algo así —contestó Caroline—. Creo que se dio cuenta de que no era cosa suya. Pero hace un par de años que se vieron, ¿no es así? Tengo entendido que su padre le dijo que a usted le gustaría pasar una temporada en Londres.

—Sí, pero no era exactamente así —contestó, con la mirada cargada de angustia—. Descubrí que nuestro padre me había utilizado para hacer que ella viniera a Greyrigg utilizando el cebo de mis deseos de ser presentada en Londres. Pero lo que de verdad quería mi padre era volver a meterla en sus negocios, u obligarla a casarse por segunda vez. ¡Le juro que yo me enteré de ello el mismo día de su llegada! Mi padre no confiaba en mí. Es más, apenas me hablaba durante semanas. Pero él creía conocerme: creía que me parecía a él porque nunca le llevaba la contraria y siempre estaba de acuerdo en las raras ocasiones en que me hablaba de sus planes. ¡Pero yo no sabía nada de lo que tenía pensado para Alicia, se lo prometo!

Caroline frunció el ceño.

—La creo, pero... perdóneme, pero me parece que Alicia creyó que había jugado un papel en los planes de su padre porque la veía tan cómoda con él, tan complaciente... el modo en que describió su comportamiento fue...

—¡Seguro que puedo imaginarme lo que dijo! —exclamó, con una amargura dirigida a sí misma, no a su hermana—. Interpreté mi papel a la perfección, lady Kilgaren; fui una mercenaria, una falsa... seguí a pies juntillas el modelo de lady Grey, mi futura cuñada, que es la criatura más falseadora que conozco. ¡Me comporté de un modo horrible! Estoy convencida de que a mi hermana debí parecerle repulsiva. A mi padre lo engañé. Me conocía tan poco que no se dio cuenta de que todo era fingido. Sólo pensó que sentía celos de Alicia.

Alzó de nuevo los ojos para mirar a Caroline abiertamente.

—¡Y eso era lo que sentía! Alicia es tan elegante, tan serena... quise encontrar la oportunidad de decirle cuáles eran los planes de nuestro padre, pero fue imposible. No me dejó ni un solo momento a solas con ella y me había amenazado diciéndome que si no secundaba sus planes, me castigaría... —cerró los ojos un momento—. De todos modos, Alicia no necesitó mi ayuda, pero se marchó de Greyrigg pensando que yo había secundado a mi padre.

Hubo un momento de silencio. Una paloma zureó en una de las ramas que había sobre sus cabezas. Hacía fresco en la sombra.

—Lo siento mucho —dijo Caroline con suavidad—. Debió ser muy frustrante para usted. Y luego, en el día de su boda, sin duda no tuvo oportunidad de hablar con ella.

—Además, si le hablaba de mis razones para casarme con Francis, sería recordarle los motivos de su propia boda. Hay muy pocas oportunidades de hablar tranquilamente en una boda, ¡sobre todo si es la de una! —sonrió—. Además —añadió, recordando con una sonrisa el modo en que James Mullineaux había monopolizado a Alicia aquel día—, mi hermana tenía asuntos propios de los que ocuparse. James fue muy persistente en sus atenciones.

Caroline se sorprendió de que Annabella se

hubiera dado cuenta, ya que según la descripción que Alicia le había hecho, su hermana no pensaba nada más que en sí misma. Estaba claro, tal y como ella sospechaba, que había mucho más en aquella situación de lo que podía parecer.

—Y cuando Alicia vino a verla después de la muerte de su padre —continuó Caroline—, ¿no pudo hablarle entonces de cuál era su verdadera relación con su padre? Sé que en aquel momento Alicia estaba muy triste porque creía haber perdido a James, lo cual puede que influyera en su estado de ánimo, pero me dijo que... —hizo una pausa incómoda— ... ¡Dios mío, es tan difícil! Me doy cuenta de que entre ustedes dos ha habido un grave malentendido. Alicia pensó que usted estaba... que tenía interés en...

Era poco habitual ver a Caroline Kilgaren sin palabras, y Annabella acudió en su ayuda.

—Me consideró mercenaria y vulgar, y únicamente interesada en su fortuna.

Caroline se quedó estupefacta.

—¡Dios bendito! ¡Tiene usted mucho de su abuela y de su hermana!

Annabella se rió.

—Le pido disculpas si mi franqueza la ofende, lady Kilgaren, pero no tiene sentido andarse por las ramas.

Caroline se echó a reír también.

—¡Desde luego que no! Mi querida Annabella... puedo llamarla así, ¿verdad? Como tú dices, es mucho más fácil aclarar las cosas si se habla con franqueza. Lo que me ha sorprendido es haberte oído hablar como a lady Stansfield. Pero como la descripción que acabas de hacer es precisa e injusta, debes decirme cómo llegó a producirse un malentendido de ese calibre.

Su sonrisa se desvaneció.

—No crea que mi hermana se engañó demasiado —se lamentó—. Francis, mi marido, se casó conmigo por mi fortuna, y cuando mi padre me dejó sin un céntimo, su actitud no fue precisamente comprensiva. Luego Alicia vino a visitarnos y creo que no pudo soportar pensar en la fortuna que ella sí tenía. Sus insultantes preguntas sobre su dinero y sus insinuaciones sobre lo injusto que era que ella tuviese tanto y nosotros tan poco debió hacerle concebir una opinión lastimosa sobre nosotros. Yo intenté suavizar las cosas, pero sólo sirvió para que Francis se enfadase aún más.

Annabella se mordió el labio. No era necesario contarle la escena en la que su marido la había amenazado con pegarle si no le obedecía—. Me dijo que debía asegurar nuestro futuro, de modo que yo le pregunté a Alicia qué planes tenía, con lo que ella debió pensar que andaba tras su dinero. Fue muy incómodo para mí y, tan vergonzoso, que cuando Francis murió no me atreví a acercarme a ella—se encogió de hombros—. ¡Y eso es todo! Una historia lamentable donde las haya —sonrió—. Le agradezco que haya aguantado mis confesiones.

Caroline le dio una palmada en la mano.

—Gracias por confiar en mí —sus ojos azules estaban llenos de bondad—. Siempre había creído que tu matrimonio había sido por amor. ¿Me perdonarás si soy aún un poco más impertinente y te pregunto cómo llegaste a casarte con ese hombre?

Annabella siguió con la mirada a una abeja que deambulaba entre las rosas. Incluso después del tiempo transcurrido le era muy difícil hablar de los acontecimientos que habían precipitado su boda y las dolorosas consecuencias posteriores.

—Mi padre había elegido un marido para mí, del mismo modo que lo hizo con Alicia. Supongo que usted sabe lo que es eso, lady Kilgaren. Yo… descubrí que no podía aceptar a ese hombre, así que cuando miré a mi alrededor intentando encontrar el modo de escapar, pensé en Francis. Sabía que necesitaba casarse por dinero —enrojeció y bajó de nuevo la mirada—. Así que mentí y fingí que casarme con él era lo que siempre había deseado. Fui una estúpida. No es que pensara que iba a ser feliz toda mi vida, pero no tenía ni idea de lo que suponía el matrimonio, particularmente con un hombre al que no podía respetar...

Caroline tomó su mano.

—¡Pobre niña! ¡No tenía ni idea! ¡Si Alicia lo hubiera sabido, seguro que te habría ayudado!

Annabella tenía los ojos llenos de lágrimas.

—¿Podríamos hablar de otras cosas, *madam*? No quiero echarme a llorar como una boba.

—¡Por supuesto! —concedió Caroline, que no quería presionarla viéndola tan abatida—. Pero me has pedido consejo, y lo único que puedo aconsejarte es que le cuentes a Alicia todo lo que me has contado a mí. Seguro que comprenderá, porque lo que más desea en el mundo es reconciliarse contigo. Anda, volvamos con los demás, a ver si nos divertimos un poco. Con la señorita Hurst no podemos contar en ese sentido, pero el resto del grupo es bastante tolerable, e incluso... ¡algo más que tolerable!

—La señorita Hurst es muy hermosa, ¿verdad? —comentó con cierta melancolía, recordando cómo sir William había entablado conversación con ella.

Caroline sonrió.

—Desde luego posee toda la belleza que el dinero puede comprar. Pero no te aflijas, que tú eres también muy bonita y con mucha más personalidad. Me temo que a la señorita Hurst han debido decirle desde pequeña que sus opiniones valen más que las de los demás por tener una fortuna de ochenta mil libras. ¡Sé que no debería decir algo así, pero es la verdad!

Ochenta mil libras le parecieron una vasta fortuna a Annabella, y se sintió aún más abatida. Dinero llama a dinero, y sir William Weston no era precisamente pobre. Cierto que era un partido menos apetecible que un vizconde, pero si la señorita Hurst no conseguía el interés de Mundell, sir William podía ser una alternativa más que aceptable.

Las palabras de Caroline la apartaron de sus pensamientos.

—No te creas que la señorita Hurst te juzga por la persona que eres en realidad, Annabella. Lo que ocurre es que ha venido aquí en busca de marido y anda molesta por no haber tenido éxito aún. Mundell, su primer objetivo, ha resultado ser bastante anticuado y quiere casarse con alguien que iguale su título. Además, no necesita dinero. De modo que sir William Weston ha sido su segunda elección, pero no le conoce bien y todavía sabe menos cómo atraerle. Todas sus aperturas han sido recibidas con indiferencia por su parte, y para colmo, apareciste tú anoche y recibiste más atención de él en una sola velada que la que ella ha recibido en todos estos días. ¡Y eso ha herido su orgullo!

Annabella se sonrojó ante la sugerencia de que sir William pudiese estar interesado por ella.

—Sir William ha sido muy amable conmigo, pero me temo que yo le comprendo tan mal como la señorita Hurst. Es que... tengo muy poca experiencia, y nunca había conocido a nadie como él.

—Dudo que haya nadie parecido a Will Weston. Debes saber, querida, que el padre de Will era un hombre muy rico, pero que él decidió alistarse en la marina y alcanzar un puesto relevante por sus propios méritos. Ahora ha decidido retirarse porque sus propiedades requieren más atención de la que podía darles permaneciendo tanto tiempo embarcado, y creo que quizás dese una vida más tranquila. Pero como hombre con gran cantidad de cualidades atractivas —sonrió—, ¡dudo mucho que necesites que te cuente todo esto! Tanto para Marcus como para mí, es el más leal amigo y lo estimamos muchísimo. ¡Vaya, ahora me he puesto sentimental! Pero la lealtad y la integridad son cualidades que no abundan entre la gente de la alta sociedad.

Annabella no estaba convencida de que fueran precisamente esas cualidades las que la señorita Hurst andaba buscando en él. Además había algo como distante y contenido en sir William que le añadía misterio a su atracción. Y en cuanto a sus atributos físicos... recordar la admiración que había visto en sus cálidos ojos azules le aceleró el pulso. A lo mejor no era bueno darle demasiadas vueltas a sus atractivos.

—Debe haber un buen número de caballeros de la nobleza que estarían encantados de casarse con la señorita Hurst.

Caroline sonrió con malicia.

—Desde luego, ¡pero ella lo quiere guapo!

Seguían riendo cuando llegaron hasta ellas las palabras de la señorita Hurst:

—¡Vamos, sir William! ¡Insisto en que juguemos ese partido de croquet, y no pienso aceptar un no como respuesta!

—He de declinar su ofrecimiento, *madam* —contestó sir William, imperturbable como siempre—. Debo acompañar a la señora St Auby a la ciudad.

—¿No puede enviarla de vuelta en el carruaje? —sugirió, como si se tratase de un paquete—. Seguro que...

Pero se interrumpió al ver acercarse a Caroline y Annabella—. Estábamos diciendo que habría que llamar a un carruaje para que la lleve de vuelta a casa, señora St Auby —dijo, dedicándoles una falsa sonrisa.

—Peor yo he insistido en que quiero disfrutar del placer de acompañarla —contestó sir William.

La señorita Hurst frunció el ceño.

—Es usted muy amable conmigo, señor —contestó Annabella—, pero no quiero causarle ningún trastorno. He pasado una tarde deliciosa y estaré muy agradecida de poder usar el carruaje del vizconde Mundell...

—¡Desde luego! —interrumpió encantada la señorita Hurst—. Un carruaje con escudo de armas. ¿Qué podría ser más excitante para la señora St Auby?

En aquella ocasión, sir William sonrió mirando a Annabella.

—Insisto, *madam*.

—Pero no debe marcharse aún —dijo Marcus Kilgaren—. Caro la ha monopolizado. Siéntese a mi lado, señora St Auby, y cuénteme qué le parece el coche de sir William. Sus caballos tienen una inmensa reputación.

Había pasado más de media hora cuando el grupo se dispersó por fin. La señorita Hurst no pudo resistirse a la invitación del vizconde Mundell para jugar una partida de croquet con Caroline Kilgaren, mientras Marcus se ofreció a acompañar a la señorita Mundell a ver los invernaderos. Caroline insistió para que Annabella se quedara a jugar con ellos, pero ella temió que la señorita

Hurst no dejase pasar la oportunidad de golpearle la pierna con el palo de croquet. Declinó el ofrecimiento y Caroline la besó en la mejilla diciéndole que esperaba que se vieran pronto. Pero la señorita Hurst frunció horriblemente el ceño cuando vio marchar el carruaje de sir William por la avenida, y sus compañeros de juego tuvieron que recordarle que el partido ya había comenzado.

Siete

El día siguiente amaneció despejado y Annabella salió de casa con una larga lista de recados que le había encargado lady St Auby. Siempre la mandaba con la excusa de que no podía prescindir de ninguna de las doncellas y aduciendo que así se ganaba al menos parte de su manutención. Era una de las tareas menos pesada que le encomendaba, y aquel día se sentía con ganas de caminar.

Encontró la cinta que le había encargado y varios pares de guantes. Había unas preciosas medias de seda y sintió ganas de comprárselas, pero

¿para qué iba a utilizar ella semejante fruslería? ¡Lo que necesitaba era unas gruesas medias de lana para combatir el frío helador de la casa de los St Auby! Pasó después por los puestos de carne y verduras, y regateó por las piezas más baratas y las verduras que ya no iban a poder vender porque sabía que de otro modo lady St Auby la reprendería por haber gastado mucho y la acusaría de sisarla. Aun así, se compró una manzana y se la comió en mitad de la calle, algo que por desgracia tuvo que lamentar al encontrarse con que la señora Eddington-Buck la observaba desde la acera de enfrente. Sin duda le iría con el cuento a lady St Auby. Annabella suspiró. A veces tenía la sensación de que toda posibilidad de ser espontánea había sido cercenada de su vida.

Un grupo de gente avanzaba por la calle charlando y riendo, y se sobresaltó al descubrir que se trataba de Caroline Kilgaren, que iba del brazo del vizconde Mundell, la señorita Hurst y sir William detrás y la señorita Mundell cerrando la comitiva. Ver a la señorita Hurst que, vuelta hacia sir William, sonreía embelesada bastó para incitarla a salir corriendo, pero por desgracia era demasiado tarde.

—¡Señora St Auby! —la llamó Caroline, encantada de verla—. ¡Qué maravillosa sorpresa! Acabamos de pasar por Fore Street a verla, y resulta que estaba usted aquí.

Mundell estrechó su mano sonriendo complacido.

—Encantado de volver a verla, *madam*. Hace un día espléndido, ¿no le parece? ¿Quiere venir con nosotros?

—Marcus está en el armero... —estaba diciéndole Caroline cuando la señorita Hurst le habló en un aparte al vizconde Mundell, pero se oyó con claridad lo que decía:

—Es una novedad igual que la de una barraca de feria.

Annabella enrojeció e incluso Caroline se quedó muda.

Sir William fue quien llenó aquel embarazoso silencio.

—¿La veremos esta noche en el concierto, señora St Auby?

—Yo... imagino que no, señor —lady St Auby era sorda para la música, y detestaba los conciertos—. Creo que mi madre política tiene otros planes para esta noche.

—Una pena —dijo él, sonriendo—. Pero a lo mejor podría dar ahora un paseo con nosotros.

A pesar de la tentación que era disfrutar de su compañía, no había nada que deseara menos en aquel momento. La gélida mirada de la señorita Hurst estaba en el abultado contenido de su cesta de la compra, y horrorizada se dio cuenta de que el rabo de toro que acababa de comprar asomaba de su paquete de papel. Se cambió de mano la cesta para ocultarlo.

—Es usted muy amable, señor, pero debo volver a casa. ¡Tengo mil cosas que hacer! Buenos días.

Y echó a andar calle abajo sin mirar atrás, consciente de lo humillante de la situación. Debían creerla una estúpida sin modales ¡Qué odiosa era la señorita Hurst, y qué torpe ella! ¿Es que no iba a ser capaz de aprender nunca?

—¡Mundell y sus amigotes te han trastornado, boba! —decía lady St Auby con una sonrisa maliciosa y una mirada depredadora y maliciosa. Estaba plantada en mitad del pasillo de su casa, viendo a Annabella fregar el suelo con inconfundible satisfacción—. Ahí, niña… no, ahí no, tonta… la mancha está ahí —dijo, y deliberadamente la extendió con el pie hacia la parte del suelo que Annabella ya había fregado.

Dos días habían pasado desde que se encontró con el vizconde y sus invitados en la ciudad, y no había vuelto a saber de ellos. Su confianza en el futuro, ya seriamente dañada por aquel encuentro, había terminado por evaporarse al calor de los hechos. La habían abandonado. Debía haberles aburrido con su torpeza y su inadaptación, y lady St Auby, que había percibido enseguida su tristeza, estaba disfrutando de lo lindo.

—Lo que yo decía —continuó sin piedad—: no tienes ningún talento que pueda hacerte recomendable a ojos de la alta sociedad, y enseguida se han dado cuenta de que eres una muchacha insignificante. Un hombre de la distinción de Mundell no iba a querer imponer a sus invitados la presencia de una buscadora de fortuna.

Annabella suspiró. Tenía que contenerse. Hacía tiempo había respondido como se merecía a su suegra tras uno de sus ataques, y el castigo no se había hecho esperar: la habían mantenido varios días sin comer. Lo mismo ocurrió cuando se negó a realizar las tareas domésticas que lady St Auby tenía a bien encomendarle, y aunque por el momento no había recurrido a la violencia física como hacía su hijo, sus castigos eran igualmente difíciles de soportar. Y para colmo, estaba claro que las atenciones que había recibido últimamente la habían amargado. Y esa amargura palpitaba ahí, en el fondo de sus ojuelos pequeños y brillantes, una barbarie esperando la oportunidad de estallar.

Recogió la bayeta e iba a aclararla cuando lady St Auby deliberadamente empujó el cubo con el pie. El agua sucia se derramó por el piso, y aunque Annabella intentó levantarse, el agua le empapó la falda y el delantal. Pero la rapidez del movimiento le hizo perder el equilibrio y caer. Lady St Auby se estaba doblando de risa cuando se abrió la puerta principal, aunque nadie había hecho sonar el timbre. Lo único que Annabella pudo ver desde su posición en el suelo fue un par de botas muy brillantes.

—Déjeme ayudarla, *madam* —dijo sir William Weston, sin un atisbo de emoción en la voz.

La sujetó con fuerza por el brazo para ayudarla a levantarse, y la falda empapada se le pegó a las piernas. Olía a colonia y a aire fresco, pero no se atrevió a mirarle a la cara. Jamás habría podido imaginar una situación menos decorosa que aquella... temblaba sin poder evitarlo. No habría modo de explicar...

—Sir William... —lady St Auby tuvo al menos la decencia de parecer avergonzada—. ¿Cómo está usted? Estábamos...

Pero una mirada de sus ojos azules bastó para hacerla callar.

—No hay necesidad de explicar nada, *madam*. Los hechos hablan por sí solos. Señora St Auby —continuó, suavizando un poco el tono—, venía a ver si tenía pensado asistir al baile que se celebra esta noche en...

Pero no terminó la frase. Aún no había sido capaz de mirarle a la cara, pero sintió que le apretaba el brazo y alzó la mirada. Estaba allí de pie, los ojos puestos en la piel enrojecida de las manos por el uso del agua helada y el cepillo.

—¿Desea venir a dar un paseo conmigo, *madam*?

—Si puede esperar a que me cambie... —contestó, señalándose con incertidumbre la falda empapada.

—Desde luego.

Estaban ya lejos de la ciudad cuando sir William aminoró la marcha y se volvió a mirarla. Seguía enfadado. Tenía las mandíbulas apretadas y en sus ojos brillaba el acero. ¿qué iría a decirle?

—¿Por qué no nos dijo que... ¡La actitud de lady St Auby es imperdonable! —exclamó.

Annabella fijó la mirada en un precioso molino que quedaba a escasa distancia del camino.

—Apenas le conozco, señor, y no siento inclinación alguna a hablar de mis obligaciones en la casa con un grupo de desconocidos.

—Es usted muy poco generosa con nosotros, *madam* —espetó él—. ¿Acaso no le hemos dejado claro que deseamos ser amigos suyos?

—Sin duda, pero... pero esa misma amistad es lo que ha avinagrado aún más la actitud de lady St Auby hacia mí. ¡No puede soportar que los amigos de Mundell me reconozcan cuando ella nunca ha recibido sus atenciones! Para ella siempre ha sido una espina que yo sea la hermana de Alicia y la nieta de la condesa de Stansfield. Antes de que todos ustedes llegaran a Taunton no importaba, pero ahora...

Sir William asintió despacio.

—Comprendo. Entonces, por lo que veo no va a fingir que lo que ha ocurrido esta mañana ha sido un accidente.

—¿Se refiere a lo del cubo? No, no puedo decir que... pero lady St Auby no pretendía hacerme ningún daño...

—¿Ningún daño? —explotó él con toda la rabia que habría querido soltar sobre la cabeza de lady St Auby. Era extraordinario, pensó, que un exterior tan plácido como el que había mostrado en el baile pudiera ocultar tal intensidad de sentimientos.

—De verdad, señor... es una mujer desalmada y maliciosa, pero nunca me ha hecho daño.

—No, claro. Simplemente le hace fregar el suelo y alguna otra tarea tan agradable como ésa.

—Es que soy una pariente pobre que...

—¡Deje de ser tan humilde, por favor!

Los dos se quedaron mirándose en silencio hasta que sir William pareció darse cuenta de su estallido de mal humor e intentó sonreír.

—Discúlpeme, *madam*. He sido muy descortés con usted —movió las riendas y puso a los caballos al paso—. Debemos... si pudiera hablar con Mundell y se quedara usted allí hasta que vaya a visitar a su hermana, ¿cree que podría aceptar la invitación?

Era como ofrecerle el paraíso, pero no sin riesgo.

—Confía usted más que yo en el perdón de mi hermana, señor. Si Alicia y yo resulta que no somos capaces de enterrar nuestras diferencias...

—Entonces, debemos pensar en otra cosa —dijo él con su habitual compostura—. ¡No puede usted seguir viviendo en esa casa!

—Es muy considerado por su parte tanta preocupación.

—Bueno, ¿qué me dice? ¿Prefiere seguir viviendo con los St Auby? Porque si quiere seguir martirizándose, no tiene más que decirlo...

Annabella sintió ganas de echarse a reír. ¡Qué extraordinario, tener ganas de llorar en un momento y de reír en el siguiente! Miró a sir William de soslayo. Él también parecía haberse relajado un poco.

—Sería delicioso estar en Mundell —capituló. Mejor no pensar en la señorita Hurst, eso sí.

—Gracias. ¿Hay algún otro oscuro secreto que deba conocer antes de organizarlo todo?

—Creo que no. Ya ha conseguido que le cuente más de lo que debiera de mi matrimonio y de mi sórdida existencia en casa de los St Auby, de modo que sólo queda el asunto de mi distanciamiento de Alicia, y supongo que mi hermana ya le habrá hablado de ello.

Sir William negó con la cabeza.

—Su hermana le es muy leal, señora St Auby. Creo que a Caroline Kilgaren sí le ha hablado de ello, pero el resto de nosotros sólo sabemos que hubo una disputa entre ustedes dos. Sería una pena que no pudieran olvidarse de sus diferencias, porque yo diría que pueden llevarse a las mil maravillas. Y ahora —suspiró—, supongo que he de llevarla de vuelta a la morada de esa arpía, pero si puede tenerlo todo preparado para mañana, pasaré a buscarla bien temprano.

La dejó en la puerta de la casa no sin antes recordarle que esperaba verla en el baile de aquella noche. Un par de horas después, le traían un par de preciosos guantes de noche. Annabella se miró los dedos enrojecidos y descarnados y sonrió.

Ocho

Lady St Auby estaba nerviosa. Antes, bien poco le importaba que la sociedad de Taunton viera cómo trataba a Annabella, porque la muchacha no tenía quien la defendiera, pero ahora se había granjeado un poderoso paladín, y eso lo cambiaba todo. No hizo comentario alguno cuando Annabella le habló del baile e incluso le envió a su propia doncella para que la ayudara a arreglarse. Pretextando una jaqueca, le dijo a su nuera que sir Thomas y lady Oakston estarían encantados de que se uniera a ellos para ir al baile, y Annabella no cuestionó sus motivos.

En aquella ocasión, todo el mundo se volvió a mirarlos cuando entraron en el salón, lo que resultó para ella una placentera experiencia. Decidida a arreglarse lo mejor posible, había sacado de un baúl un viejo vestido de tafetán púrpura al que le había quitado todos los encajes y lazos, y tras cepillarlo enérgicamente, había conseguido que no estuviera mal. Se lo habían cosido para antes de casarse, pero el resultado había sido demasiado sofisticado para una jovencita; sin embargo estaba bien para una viuda, aunque tuviese veintiún años. Joan, la doncella de lady St Auby, había transformado hábilmente uno de los volantes en un adorno para el pelo, y le había hecho un recogido que dejaba sueltos la mayoría de sus bucles de color miel, y por primera vez había tenido la sensación de ser casi bonita.

El grupo de Mundell aún no había llegado, pero Annabella estuvo bailando con Oakston y otros jóvenes, y charlando con Eleanor, que estaba deseando contarle su reciente visita a los baños de Bath. Por desgracia, también se encontró con alguna compañía menos agradable cuando salió al balcón a tomar un poco el fresco.

—¡La divina Annabella! —exclamó George Jeffries, tambaleándose un poco. Estaba bebido—. Muy por encima de mi alcance ahora, ¿no es así?

Aunque estaban muy cerca del salón de baile, habría sido muy embarazoso tener que pedir ayuda. El aliento de Jeffries apestaba a vino.

—Váyase a casa, señor —le dijo, angustiada—. Está bebido, y no deseo su compañía.

—¿Lo ves? —respondió, asiéndola del brazo para acercarla—. ¡Ya no tienes tiempo para los viejos amigos! ¡Fuera con lo viejo, bienvenido lo nuevo! ¿Pero a que ellos no saben todo lo que yo podría contarles? Las cosas que Francis me contaba...

La expresión de su cara le revolvió el estómago.

—Francis bebía demasiado, lo mismo que usted hoy.

—Es cierto que he tomado unas copitas. Francis me contó lo de aquella ocasión en que...

—La dama no quiere escuchar sus cotilleos, señor.

Sir William Weston, impecablemente vestido, había salido al balcón y había tenido la precaución de correr la cortina a su espalda.

Miró de arriba abajo a Jeffries, que retrocedió un paso.

—¡Weston!

—Tiene usted ventaja sobre mí, ya que yo no le conozco —contestó—, pero tampoco deseo ser presentado. Ahora, márchese.

Jeffries, aún mascullando entre dientes, dio media vuelta y entró en el salón.

—Es un niño malcriado —dijo con absoluta serenidad—. Espero que no la haya asustado, señora St Auby.

—No, no, no ha sido nada.

Se sentía incómoda. Primero se la había encontrado arrodillada en el suelo y con las ropas empapadas, y ahora había tenido que salvarla de aquella escena con Jeffries...

—Entonces, casi sería mejor que entrásemos. La echarán de menos si pasa demasiado tiempo aquí fuera.

—Parece usted tener la costumbre de salvarme de las consecuencias de mi propia estupidez, señor —comentó, cuando él apartó la cortina para invitarla a pasar.

—¿Y eso? —le preguntó él mientras caminaban entre las parejas de baile—. No creo que deba culparse por el mal comportamiento de los demás, señora St Auby, ya sea su suegra o ese joven descerebrado. A no ser que tenga algo que reprocharse a sí misma respecto al desafortunado capitán Jeffries.

Annabella se echó a reír.

—Creo que no debería preguntarme al respecto.

—¿Por qué? ¿Es que tiene algo que ocultar?

—En absoluto —contestó, indignada—. Lo que quería decir es que una pregunta tan directa se merecería un desaire.

—Ah, entiendo. ¿Y no es eso lo que acaba usted de hacer, señora? —preguntó, sonriendo.

—Es que es usted un caballero muy persistente. Pero contestando a su pregunta le diré que de lo único que tengo que arrepentirme es de una falta de buen juicio. Cometí el error de casarme con quien no debía, y también el de no poner coto a la amistad de Jeffries —ladeó la cabeza y añadió pensativa—: Pretendió aprovecharse de mi soledad.

—Ya me lo imagino —contestó él, mirándola fijamente.

¡Qué extraña mezcla de inocencia y solemnidad había en aquella muchacha! Le daba la impresión de que no se trataba de que careciese de buen juicio, sino de un consejo adecuado. Le molestaba imaginarla tan sola en un mundo tan hostil. Su situación no era ni mucho menos envidiable, y quizá… quizá hubiese llegado el momento de que no volviera a estar sola.

—Lady St Auby no ha venido esta noche —comentó cuando llegaron a la mesa de los refrescos. La señorita Hurst estaba allí, y los miró enfurecida por encima del borde de su copa.

—No. Le dolía la cabeza —contestó con una

media sonrisa—. Creo que le tiene miedo a usted, y a lo que pueda decirse de ella en el vecindario.

Sir William suspiró.

—Me parece que no me estoy haciendo demasiados amigos en Somerset. Y para colmo, me temo que voy a tener que compartirla, porque Mundell viene hacia aquí —tomó su mano y la besó—. ¿Bailará conmigo más tarde?

Ambos se miraron a los ojos y Annabella no necesitó contestarle que sí. Le vio alejarse para bailar con la señorita Mundell y sonrió al vizconde, pero se sorprendió de ver a la señorita Hurst bailando con el capitán Jeffries. Más tarde se encontró deseando haber prestado más atención a aquel detalle.

Aquel fue el comienzo de una especie de etapa dorada para Annabella. El grupo de Mundell la llevaba a todas partes con ellos, y tenía la sensación de estar viviendo un sueño extraordinario. Salían al campo, a merendar, a fiestas nocturnas y a espectáculos. Bajo el manto protector de Caroline Kilgaren, Annabella fue superando su inicial falta de confianza hasta que consiguió tratar incluso con Ermina Hurst con razonable ecuanimidad. Y por encima de todo ello, estaba sir William Weston, atento, preocupado por su bienestar, al que no poco contribuía él con su persona.

Era obvio que a la señorita Hurst no le había hecho la más mínima gracia su incorporación al grupo. En un principio Annabella pensó que era por las atenciones de sir William, pero poco después le sorprendió descubrir que su antagonismo iba mucho más allá: consideraba su belleza un ataque a su supremacía, y aunque ella podía contar con buena cuna y fortuna, le molestaba profundamente tener una rival.

Dos días después del baile, amaneció soleado y Mundell anunció en el desayuno que era su deseo unirse a los lugareños para formar un equipo de cricket y desafiar a los famosos Caballeros de Taunton a un partido. Marcus Kilgaren y Will Weston aceptaron encantados, y Caroline propuso que las señoras llevaran un picnic para prestar su apoyo a los contendientes. La expresión de la señorita Hurst ante tal sugerencia fue de sorpresa y desaprobación.

—¡Un partido de cricket contra paletos! —exclamó, pero al ver la mirada de desaprobación de Mundell, se apresuró a añadir—: no pretendo discutir a los caballeros su privilegio de mezclarse con los lugareños para esos juegos, pero estoy segura de que a mi madre no le parecería bien que yo asistiera.

Caroline se encogió de hombros, prácticamente sin molestarse en ocultar su irritación.

—Como desees, Ermina. La señora St Auby y yo iremos encantadas, aunque Charlotte y tú no tengáis a bien acompañarnos.

Para sorpresa de todos, la señorita Mundell habló:

—A mí me vendría bien pasar el día al aire libre —dijo en tono que bien podría ser desafiante—. El cricket es un deporte de caballeros y muy entretenido, querida Ermina. Estoy segura de que tu madre no pondría ninguna objeción.

—¡No me lo puedo creer! —exclamó, mirando a su amiga atónita.

Annabella también la miró bajo una nueva luz. Siempre la había considerado una ratita tímida permanentemente a la sombra de su amiga, y pensó que un sentimiento nuevo debía haberla empujado a hablar. Charlotte estaba sonrojada y le brillaban los ojos, y por una vez le pareció incluso bonita. Se parecía mucho a su hermano, pero mientras que las facciones afiladas de éste resultaban atractivas en un hombre, no se podía decir lo mismo de una mujer. Sin embargo, le brillaban los ojos y parecía muy animada, con una expresión mezcla de excitación y temor, casi como si estuviera enamorada…

—¡Está bien! —accedió enfadada la señorita

Hurst—. Si insistes en asistir, Charlotte, supongo que tendré que acompañarte. Aunque no entiendo por qué puede apetecerte presenciar un tedioso juego como el cricket, que no...

Sir William Weston pasó ruidosamente las páginas del periódico y Annabella le vio mirar a Marcus Kilgaren con una sonrisa irónica. Estaba claro que algo se cocía allí.

El partido iba a celebrarse en el campo del pueblo, y Caroline, Annabella y las demás damas se instalaron cómodamente a la sombra de las ramas de un inmenso roble. Era una pena que la señorita Hurst hubiera insistido en acompañarlas. Se quejaba por todo. Caían hojas e insectos del árbol, y su delicado parasol no podía hacer nada por evitarlo. Había algunos insectos más en los sándwiches, los asientos eran incómodos y las reglas del juego, ininteligibles.

Para colmo, a medida que fue avanzando el partido y corrió la cerveza, el apoyo de los espectadores se fue haciendo más ruidoso y de lenguaje menos contenido, y la señorita Hurst parecía estar sufriendo al verse expuesta a una compañía tan vulgar.

En un momento del partido, Mundell recibió un pelotazo de tal fuerza en el estómago que cayó al suelo y tuvo que retirarse acompañado de los aplausos del público. Su lugar lo ocupó un joven alto y desgarbado que resultaba bastante atractivo. La señorita Hurst, que participaba en aquel momento en una conversación sobre el mal estado de los caminos rurales, dejó su frase a medias y miró con atención.

—Dios bendito, ese joven no será John Dedicoat. En un partido de cricket de pueblo?

Annabella sonrió. Su tono le había recordado al de lady St Auby cuando vio a Mundell en el baile. No tenía ni idea de quién era el joven en cuestión, pero advirtió que la señorita Mundell se irguió en su asiento y sus mejillas volvieron a colorearse. Por el contrario, la señorita Hurst se mostró, como siempre, únicamente centrada en sí misma.

—¡Pues claro! —exclamó, con una sonrisa satisfecha—. Seguramente estará aquí porque sabe que yo iba a asistir. Imagino que se dio cuenta anoche, lady Kilgaren, de cómo se fijaba en mí.

La expresión de Caroline quedaba oculta por la tapa de la cesta de picnic. Parecía estar buscando algo que no encontraba, pero Annabella creyó percibir una nota divertida en su voz:

—Yo más bien creo que lord Dedicoat estará aquí porque le guste el cricket, Ermina, aunque... puede también tener algún otro motivo

—añadió, mirando brevemente a la señorita Mundell.

—¡Lo sabía! —se pavoneó la señorita Hurst—. Es un joven muy atractivo, sin duda. ¡No imaginaba yo qué divertido podía ser este deporte!

Nueve

Aquella misma noche, tras la cena, estaban todos sentados en el salón azul, el vizconde Mundell y su hermana jugando con los Kilgaren a las cartas, y sir William y Annabella escuchando a la señorita Hurst al piano.

Mientras escuchaba, Annabella estudiaba disimuladamente el perfil de sir William. Sus ojos azules parecían distantes, como si estuviera meditando asuntos muy alejados de aquella habitación y la música. Las pestañas le sombreaban los pómulos, y la expresión de su boca resultaba severa, casi agria. Aunque parecía relajado en la butaca, había algo casi predatorio en su inmovilidad.

Annabella frunció el ceño. ¿Qué sería lo que le estaba provocando aquella tensión? De pronto sintió una especie de vacío en la boca del estómago, la certeza de que apenas conocía a sir William, que no podía pretender comprenderle. El tiempo que había pasado en su compañía le había proporcionado sólo un conocimiento superficial de sus intereses y sus indiferencias, ya que las conversaciones que se mantenían en un grupo eran necesariamente generales. Y aun a su pesar tuvo que admitir que aquel hombre despertaba en ella una ardiente curiosidad.

Se removió en el sofá que ocupaba intentando encontrar una postura algo más cómoda, ya que era más bonito que cómodo. Aquel movimiento sacó a sir William de sus ensoñaciones y le hizo volverse a mirarla, y de nuevo ella experimentó aquel pequeño temblor que le hacía imposible ser indiferente a él. Y la cosa empeoró cuando él le dedicó una de aquellas lentas sonrisas que le aceleraban el pulso.

—¡Señora St Auby! —la música había cesado y la voz de la señorita Hurst sonaba áspera—. ¿Quiere usted tocar ahora para nosotros? —la desafió, a pesar de que Annabella había dicho en otra ocasión que no era buena pianista—. Estoy segura de que podremos encontrar algo que pueda interpreptar —añadió, rebuscando entre las partituras que había en el atril—. ¿Scarlatti? No, es demasiado difícil. Quizás...

Annabella arrancó los ojos del calor de la mirada de sir William y ocupó el lugar de la señorita Hurst en el pianoforte.

—Gracias. Creo que prefiero cantar.

—Como guste —contestó la señorita Hurst, y con un sugerente balanceo de caderas se sentó junto a sir William. Apenas un minuto después, había empezado a charlar en voz baja con sir William.

Pero tras unas cuantas palabras, no le quedó más remedio que callarse, consciente de que sus compañeros no le prestaban atención. Los jugadores dejaron la partida a medias para escuchar. Annabella no eligió una pieza clásica, sino una antigua canción de amor escocesa, que interpretó con una profundidad y una emoción que conmovieron a todos. Y cuando la última de las notas salió de sus labios todo el mundo rompió a aplaudir y a pedirle más. Annabella escogió una cancioncilla picante con la que pretendía sorprender un poco, pero la pureza de su voz la transformó en inocencia y poco más. Todo el mundo sonreía cuando terminó.

Para finalizar, la convencieron de que cantara a

dúo con sir William, quien resultó tener una magnífica voz de tenor, rica en matices y con un tono algo burlón. Luego pidió un descanso y un vaso de limonada, que tomaron en la terraza. Estaba anocheciendo y las sombras de los cipreses parecían centinelas de un jardín que había quedado transformado en un lugar frío y misterioso. Annabella apoyó los brazos en la baranda y dejó vagar la mirada por el lago.

—Ha sido usted excesivamente modesta sobre su talento musical —comentó sir William, en el mismo tono burlón con que había cantado—. Creo que no he escuchado nunca una voz mejor que la suya.

Annabella sonrió.

—Gracias, señor. Reconozco que cuando me preguntaron sobre el particular, no vi la necesidad de darle más información a quien me preguntó, pero por otro lado, no debería usted criticar en otros un rasgo que comparten con usted.

—¿Quiere decir con eso que revelo poco de mí mismo? —estaba muy oscuro para poder verle la cara, pero Annabella tuvo la sensación de que sonreía—. He de reconocer que, en general, tiene usted razón, pero no me empuja a ello ningún motivo siniestro, se lo aseguro. Es simplemente que al vivir en un barco, con tan poco espacio, uno se acostumbra a no hablar en demasía para evitar disputas innecesarias. Es una costumbre que me ha servido bien en algunas ocasiones, como por ejemplo en la estancia en esta casa, que requiere poco más o menos el mismo comportamiento.

Annabella se rió.

—¡Exagera usted, señor! Llevo aquí sólo unos días, pero no he visto síntoma alguno de disputa.

—Se sorprendería usted, señora St Auby. Fíjese: sólo ayer, hubo un acalorado debate entre la señorita Hurst y la señorita Mundell sobre quién había utilizado la última el dedal de plata de la señorita Hurst. ¡Incluso lord Kilgaren tuvo que intervenir para poner paz! Le aseguro que me alegré de haberme mantenido al margen.

—¡Es usted un demonio, señor! —exclamó, sonriendo—. Pues a mí me da la impresión de que mantiene usted ese silencio sólo para parecer más misterioso.

—¡Absuélvame de la culpa, se lo ruego! —bromeó—. Aunque he de reconocer que me halaga pensar que desea usted saber más de mí, señora St Auby. ¿Qué le gustaría saber?

—Oh… cosas muy sencillas: me gustaría saber de su familia, su casa…

—Bueno… mi padre murió hace unos años estando yo embarcado, y mi madre un año después. Tengo dos hermanas mayores que yo y un hermano menor, que se casó con la hija del dueño de una plantación de Charleston y vive allí. Murió el año pasado.

Hizo un gesto con la mano cuando ella le ofreció sus condolencias, y tuvo la impresión de que aún le dolía hablar de ello.

—Y en cuanto a mi casa... tengo una casa en Berkshire Downs, al norte del pueblecito de Lambourn. En invierno el viento baja de las montañas y recorre el valle, sembrándolo de nieve, pero en verano se vuelve un lugar verde y fragante. Hay un viejo camino que recorre las montañas, seco como un hueso cuando hace sol, y las mariposas revolotean por los campos. Pero hace mucho que no voy por allí —añadió, casi con brusquedad—. ¿Tiene frío, señora St Auby?

Annabella se había estremecido con una repentina ráfaga de viento que le rozó la nuca. Estaba sintiendo cierta inquietud, pero no podría decir por qué. Dejó que sir William la llevase del brazo de nuevo al salón, donde las dos parejas que jugaban a las cartas acababan de terminar la partida.

Caroline fue a sentarse al lado de Annabella cuando sir William fue prácticamente asaltado por la señorita Hurst, que quería comentarle los particulares de una carta de su madre que acaba de recibir en la que le hablaba de una herencia.

Caroline sonrió al ver que se llevaba al pobre sir William a un rincón.

—Querida, hay algo de lo que quería hablarte. Se trata del baile del viernes —hubo una pausa que parecía revelar cierta indecisión—. Dime que me meta en mis propios asuntos si quieres, pero no he podido evitar preguntarme si... es que tengo un vestido muy bonito, en plata y oro, que te quedaría a las mil maravillas si no tienes otra cosa que prefieras llevar al baile. A lo mejor tenemos que añadir un pequeño volante porque eres un poco más alta que yo, pero Ellie, mi doncella, es una magnífica costurera.

Annabella hubiera querido abrazarla por su tacto y amabilidad. Ella ya había estado pensando en el baile, porque aunque la señorita Mundell se había referido a él como un pequeña reunión de amigos, tenía la impresión de que esa pequeña reunión podía ser algo muy elegante y distinguido, totalmente distinto a los bailes de Taunton. Deseaba ir casi con desesperación, pero sabía que carecía de la ropa adecuada.

—Eres muy amable conmigo, Caroline —le dijo con agradecimiento—. No me importa reconocer que me había preguntado cómo iba a vestirme.

—Sube conmigo y te lo pruebas. Llamaré a Ellie, y ella nos ayudará si hay que hacerle algún ajuste.

Lord y lady Kilgaren ocupaban dos excelentes

habitaciones del ala este de la mansión Mundell, desde las que se disfrutaba de una encantadora vista de los jardines y el parque. Caroline abrió el guardarropa, que parecía a reventar de vestidos de todas las clases, colores y tejidos, y sacó algo del fondo.

—¡Éste es! ¿Qué te parece?

Annabella creyó estar viendo visiones. ¡Aquella etérea creación no podía ser para ella! cuando se lo probó, sus líneas suaves y elegantes parecían acariciarle el cuerpo del modo más seductor, y retrocedió un paso para contemplarse en un espejo. El escote tenía forma de uve, no cuadrado o redondo, que era lo que ella estaba acostumbrada a llevar, y la imagen del espejo le parecía imposiblemente delgada y elegante. Detrás de ella aparecían Caroline y la doncella, sonriendo.

—¡Perfecto! —exclamó Caroline—. Te queda un poco corto, pero con un volante de tafetán plateado, Ellie... —la doncella asintió—, si es que podemos conseguirlo en Taunton... —se volvió y abrió una pequeña caja de madera—. Y esta es la diadema que va con el vestido —se la colocó sobre sus bucles de color miel y se separó para admirar el efecto—. ¡Vas a estar divina!

Annabella seguía en silencio.

—¿Qué ocurre? ¿No te gusta?

—Es... es tan precioso que... no puedo creer que vaya a llevarlo yo.

Caroline sonrió y Ellie, sujetando entre los labios un montón de alfileres, fue haciéndola girar para marcar los pequeños ajustes necesarios.

—Vas a ser la sensación del baile, querida —predijo Caroline—. ¡Te garantizo que sir William será de mi misma opinión!

Annabella sonrió, aún tan admirada por aquel tejido de plata y oro que sus ojos parecían dos estrellas.

—¿De verdad lo crees?

—Si sir William te dice algo... no debes pensar que esté interesado en otra cosa que no sea tu persona.

Annabella la miró sin comprender.

—Espero que no te equivoques al pensar que siente algún interés por mí.

Caroline no contestó. No le correspondía a ella hablar de ese asunto, y ya le había dicho a Will Weston que cuanto antes le contara la verdad, mejor. Él había respondido que quería tener la oportunidad de conocerse mejor antes de que aquel asunto pudiera enturbiarlo todo. A ella le parecía un poco absurdo, pero también sabía que no iba a conseguir hacerle cambiar de opinión.

Díez

Cuando Annabella bajó la escalera la noche del baile en la mansión Mundell, disfrutó enormemente al ver que William Weston, que estaba esperando a Marcus, se quedó clavado en el sitio al verla. La admiración le brillaba en los ojos, además de otra emoción más compleja y mucho más excitante, que le aceleró el pulso. Se acercó para ofrecerle una mano y Marcus susurró al oído de su esposa:

—Me parece que has hecho magníficamente bien de hada madrina, amor mío —sonrió—. La señora St Auby está deslumbrante esta noche.

¡Incluso diría que Will está pensando en raptarla!

Caroline le dio con el codo en las costillas.

—¡Marcus! Es una muchacha encantadora, y se merece disfrutar un poco. Pero Marcus aún no le ha hablado de Larkswood —añadió, frunciendo el ceño—. Me preocupa que si llega a enterarse por otra vía, se estropee todo.

—Veo que de verdad la has tomado bajo tus alas, ¿eh? Siento que no haya nada que podamos hacer al respecto. Will es quien debe enfrentarse a ello.

Caroline miró a sir William, que estaba escribiendo sus iniciales en la tarjeta de baile de Annabella, y suspiró.

—Lo sé... pero Annabella tiene sólo veintiún años y sé que antes ha sido desgraciada, aunque aún no me lo ha contado todo. Sería una lástima que algo estropease la felicidad que está disfrutando ahora.

Nada más lejos que eso en la cabeza de Annabella en aquel momento. Se sentía verdaderamente bonita con aquel maravilloso vestido, y las miradas de admiración que estaba recibiendo ofrecían un delicioso contraste con las de compasión que solía recibir cuando se veía obligada a asistir con alguno de sus vestidos, tan viejos y pasados de moda. Y por supuesto, estaba el calor de la mano de sir William, que la conducía en aquel momento a la pista de baile. Su tarjeta se estaba llenando de jóvenes que solicitaban su compañía. Iba a ser una velada deliciosa.

—Está usted cautivadora esta noche, señora St Auby —comentó sir William cuando la llevaba al centro del salón—, y no me gustaría tener que compartirla con el resto de caballeros.

Annabella sonrió.

—¿Es usted siempre tan directo, señor?

—No. Sólo soy tan claro cuando hay algo de deseo de verdad.

El paso del baile los separó y Annabella tuvo oportunidad de recuperar la compostura.

—No me puedo creer que hable así a todas las jóvenes —le dijo intentando aparentar severidad cuando el baile volvió a reunirlos—. ¡Unas intentarían abofetearle y otras se desmayarían!

—No les doy esa oportunidad.

—¿Ah, no?

—No, porque nunca me he dirigido así a una joven. Como prototipo, me aburren.

—¡Es usted tremendamente severo! —rió ella—. Mire que condenar a todas mis contemporáneas... eso dejando a un lado la duda que plantea mi persona a sus ojos. ¿Qué es lo que cuestiona en mi caso: que sea joven o que sea una señora?

Sir William estudió su encantadora expresión antes de contestar.

—Veo que intenta usted ponerme una trampa. ¡Qué desconsideración! —bromeó—. Sin duda la considero una señora.

—Es que me veo en la obligación de castigar su opinión respecto de los miembros de mi sexo. ¿De verdad tiene usted una opinión tan pobre de nosotras, sir William?

—En absoluto. Pero no generalizaría mi opinión. Lo que me interesa son las personas como individuos y en este momento... una persona en particular —concluyó con una sonrisa burlona.

La euforia de Annabella duró hasta el momento mismo de la cena, cuando se encontró en el aseo de las señoras al mismo tiempo que la señorita Hurst, que estaba colocándose un volante del vestido.

—¡Qué vestido tan encantador! —comentó con condescendencia, mientras Annabella se colocaba un mechón que había escapado de su diadema—. Lady Kilgaren es la criatura más amable que conozco, siempre preocupándose de los menos favorecidos. Y sir William... —hizo una pausa y en sus ojos brilló la malicia—, bueno, él también es un hombre muy amable, excepto cuando quiere algo. Es decir, cuando tiene alguna razón particular por la que ser galante —puntualizó con una risita—. Pero supongo que ya se lo habrá contado todo, ¿no?

Y recogiéndose las faldas del vestido en una mano salió del baño, aún riendo.

Annabella se quedó inmóvil ante el espejo mientras las venenosas palabras de la señorita Hurst comenzaban a hacer efecto. Una razón particular. ¿Qué podía empujar a sir William a ser galante con ella? No tenía dinero y además él no necesitaba buscar fortuna. Era amigo de Alicia y James Mullineaux, por supuesto, pero el grupo entero del vizconde Mundell había sido tan amable con ella precisamente por esa conexión. No podía ser que la señorita Hurst hubiera sugerido que sir William pretendiera hacerla su amante... aunque quizás hubiera sido más explícito en sus atenciones que otros hombres más convencionales, siempre había sido sumamente respetuoso con ella.

Además, no debía olvidar que Ermina Hurst siempre había sentido aversión por ella. Mejor olvidarlo todo. Desde luego, no iba a darle la satisfacción de preguntarle qué había querido decir.

Aun así, la velada perdió parte de su encanto. La luz de los candelabros perdió brillo, y la charla de los invitados de Mundell dejó de arroparla. El corazón también dejó de bailarle en el pecho, y cuando terminó la siguiente ronda de bailes populares, pidió disculpas a su pareja y fue a sentarse escondida tras una columna. ¿Qué habría querido decir la señorita Hurst?

—Señora St Auby...

La voz de sir William la sobresaltó.

—¡Ah, sir William! Me ha asustado usted.

Él la miró atentamente con sus intensos ojos azules.

—Ya veo que estaba usted sumida en sus pensamientos. ¡Un penique por todos ellos!

—No lo merecen, señor —contestó, incómoda.

Sir William enarcó las cejas.

—¿Ah, no? Entonces, ¿le importaría decirme por qué se ha escondido usted detrás de una columna? Acabo de encontrarme con un caballero desconsolado cuando venía hacia aquí. Parece ser que iba a ser usted su pareja de baile en el *boulanger*, pero el pobre desdichado no ha conseguido encontrarla a usted. En fin... —sir William se encogió de hombros y se sentó junto a ella—, ¡lo que unos pierden, otros lo ganan!

La sonrisa de Annabella resultó fría y fingida. ¿Por qué no podía quitarse de la cabeza aquel comentario malintencionado? Además, sir William no era ajeno a su incomodidad, porque no dejaba de mirarla a los ojos con inquietante intensidad.

—Me da la impresión de que necesita usted alguna actividad placentera que pueda apartar esos negros pensamientos de su cabeza. ¿Quiere venir a dar una vuelta en barca por el lago?

—¿Por el lago, de noche?

—A la luz de la luna —corrigió él—. Esta noche hay luna llena, y éste es uno de esos momentos en que echo de menos la balsámica influencia de la mar. Un paseo en el lago artificial de Mundell es un pálido sustituto, pero tendrá que bastar.

Annabella tuvo que sonreír.

—Supongo que es usted consciente de que debería rechazar la invitación, ¿no?

—Desde luego —sonrió—, y también es la clase de invitación que no debería hacerse, pero...

—Estaré encantada de acompañarle —contestó.

La noche era clara en extremo. La luna reverberaba en las aguas del lago y proyectaba sus sombras sobre la hierba ya mojada de rocío, pero el aire era cálido. Sir William tomó su mano para conducirla hasta el muelle y el pequeño bote de remos amarrado allí.

—No vamos a navegar, sino a remar. ¿Y bien, señora St Auby? Piénseselo bien, porque no podrá cambiar de opinión cuando estemos en mitad del lago.

—¿Ah, no? ¿Es que no puedo confiar en que me traiga de vuelta sana y salva?

—Esperemos que sí —contestó, y le ofreció la mano para que embarcara.

El chocar de los remos en el agua reverberaba en la quietud de la noche y el sonido de la risa y la música del salón ahogaba todo lo demás. Annabella miró a su alrededor, temerosa de ser vista, porque no podía dar crédito a su propia temeridad. ¿Cómo podía haber aceptado semejante proposición? Pero nada se movía en los jardines y un momento después, apoyó la espalda contra la borda y se relajó, acariciando la superficie del lago con la mano mientras contemplaba el esplendor solitario y frío de las estrellas.

Iban en silencio. Annabella se había dejado envolver por la belleza de la noche, a pesar de que una vocecilla interior le recordaba desde lejos que debía tener cuidado, que aquello no era un cuento y que debía tener mucha precaución en lo que hiciera. Pero estaba decidida a ignorarla. Aquella situación era tan puramente romántica, y se estaba enamorando de sir William de tal modo que no tenía intención de poner fin a una experiencia tan maravillosa.

Sir William dejó de remar y sonrió.

—Estamos casi en la isla. ¿Quiere que bajemos a tierra?

Aquella vez las dudas le hicieron tardar en responder.

—Creo que... sí, sería muy agradable.

Se trataba de una isla pequeña, con una y decorativa casita en el centro rodeada de hierba recortada y lechos de flores. En los días más calurosos del verano era el escenario de meriendas junto al agua, pero su aspecto, con las contraventanas cerradas, era totalmente distinto en aquel momento, más secreto quizás. El bote encalló en la arena y sir William saltó a tierra para amarrarlo a una rama baja. Luego ayudó a Annabella a desembarcar.

—Es un lugar precioso, ¿verdad? —dijo en voz baja, porque había algo mágico en aquella noche que le hacía parecer irreal.

La luz de la luna brillaba en las aguas oscuras del lago rizadas suavemente por la brisa. Los cipreses se perfilaban como guardianes contra el cielo y el aire estaba embriagadoramente empapado del aroma de las flores. Pero de pronto, como la serpiente en el paraíso, las palabras de la señorita Hurst volvieron a enturbiar su pensamiento, envenenando la noche, y se estremeció.

—¿Qué ocurre, Annabella? —preguntó él—. Algo la preocupa, ¿no es cierto? Me gustaría que confiase en mí lo bastante como para hablarme de ello.

Oírle pronunciar su nombre la obligó a respirar hondo, pero había algo en aquella oscuridad que animaba a la confidencia.

—Sir William, he de hacerle una pregunta.

¡Qué difícil era aquello! ¿Qué iba a decirle?

—¿Qué quiere saber?

Su voz sonó fría.

—¿Por qué razón me ha distinguido con sus atenciones, señor?

Lo había hecho: había soltado la pregunta. Y ahora sentía arder todo su cuerpo por la vergüenza. ¿Cómo podía haberle hecho una pregunta tan inocente?

—Imagino que se refiere a qué me impulsó a buscar su compañía cuando nos conocimos —aclaró él con la misma frialdad. No podía ver su expresión porque tenía la cabeza baja y las manos en los bolsillos.

—Sí. He pensado que quizás fue por mi hermana...

Sir William se removió incómodo.

—No puedo negar que fue mi amistad con James y Alicia lo que motivó mi interés inicial, Annabella.

—Ya —contestó con un hilo de voz. Así que había tolerado su compañía sólo por la amistad que le unía con su hermana. Y sin duda la amabilidad de Caroline Kilgaren bebía de la misma fuente. Su frágil confianza se resquebrajó, y la sensación de ser objeto de caridad le llenó los ojos de lágrimas.

—Es lo que me había imaginado, señor —continuó—. Que todos ustedes actúan por un sentimiento de obligación hacia mi hermana.

Sir William se movió con una sorprendente presteza para sujetarla por los brazos.

—¡Un momento, Annabella! Con ese pensamiento no nos hace justicia. Sí, Mundell y nuestros amigos se interesaron por usted inicialmente por su parentesco con Alicia, pero ¿cree que habríamos hecho algo más que saludarla de no habernos gustado su persona? —bajó las manos y apretó sus muñecas—. Y en cuanto a mí... —su tono pasó a ser más alegre—, me gusta usted demasiado, lo cual me resulta bastante difícil de asimilar. Ha sido una locura traerla aquí cuando llevo días evitando precisamente esta clase de situación. A pesar de su viudez, sé que sigue siendo joven e inexperta, y no querría arriesgarme a que su reputación pudiera verse dañada... —de pronto se apartó de ella—. ¡Demonios, Annabella! Sabe usted bien a qué me refiero.

Ella dudaba. En parte quería apartarse de aquella conversación, pero por otra deseaba llevarla hasta sus últimas consecuencias. El aire fresco la hizo estremecerse, pero más aún la extraña excitación que se estaba apoderando de ella. Sir William se había girado y casi le daba la espalda cuando ella le puso la mano en el brazo.

—Será mejor que volvamos ya —dijo él en tono neutro, pero ella estaba percibiendo una enorme cantidad de tensión en él.

—Me halaga diciendo que ha buscado mi compañía por puro placer, señor. ¿No desea conocer mi opinión sobre usted, o se siente tan seguro de su atractivo que no necesita saberla?

Sir William sonrió incómodo y Annabella tuvo la sensación de haber mordido más de lo que iba a ser capaz de masticar.

—Cuando nos conocimos —continuó, contemplando en la distancia las luces del baile—, me pareció usted un hombre interesante, un hombre... atractivo, y me pregunté qué sentiría si me besara.

Lo que ocurrió a continuación fue exactamente lo que ella había pedido, y le demostró hasta qué punto estaba pisando tierra extraña al provocar a un hombre como sir William Weston. El beso resultó ser sorprendente y amedrentador en su intensidad. Sintió sus manos implacablemente duras y su boca hambrienta, tanto que le empujó con fuerza por el pecho para liberarse. En algunas cosas era, sin duda, la inocente que él había sugerido. Francis nunca le había mostrado ternura en el poco tiempo que había durado su matrimonio, sino que sólo le había preocupado su propia satisfacción, pero con sir William estaba presintiendo emociones y necesidades mucho más complejas, emociones que de pronto la habían asustado.

—¿Ha quedado satisfecha su curiosidad, señora St Auby, o queda algún punto que necesite mayor aclaración? Sólo tiene que decirlo.

Había hablado con una escrupulosa buena educación, y como no podía ver su cara en la oscuridad, bastó su tono para hacerla replegarse, encogerse sobre sí misma, transformarse de la mujer sofisticada y provocadora que se había creído a la muchacha inexperta que acababa de darse cuenta del error que había cometido. ¿Cómo había sido capaz de comportarse así? Flirtear con él de ese modo, coquetear, animarle con tanta desvergüenza, para después dar marcha atrás cuando él la había tomado en sus brazos, aturdida como una doncella, como una virgen...imposible explicarle que nunca había sentido afecto alguno por su marido y que jamás lo había recibido; que nunca había sido abrazada con amor y que sus sentimientos eran tan nuevos para ella como para una adolescente. Pero ahora, sin duda, sir William la creería una mujer frívola y fácil, la clase de mujer que animaría a George Jeffries o a cualquier otro por puro aburrimiento, pero que después no se sentía preparada para seguir adelante...

—Perdóneme, señor —le dijo con voz ahogada—. Me he comportado como una estúpida. Créame que no siempre soy tan veleidosa y superficial...

La garganta se le llenó de lágrimas. ¡A dónde había ido a parar su sueño de un encuentro romántico a la luz de la luna! ¿Podía haber algo más embarazoso?

Tuvo que aceptar su ayuda para volver a subir al bote, a pesar de que le oyó suspirar irritado. Cada segundo que prolongase aquel interludio resultaría humillante en extremo. Pero cuando puso su mano en la de él, todo cambió de pronto. Fue un instante en que todo quedó suspendido hasta que inesperadamente volvió a encontrarse en sus brazos como aquella primera noche en la reunión, con la cabeza apoyada en su pecho y oyendo el latido de su corazón. Pero esta vez no la dejó ir.

Era la primera vez que un hombre la abrazaba con amor, y un sentimiento de paz la abrigó como aquella primera vez. No podría decir cuánto tiempo estuvieron así. Podría haber pasado una eternidad y no le habría importado. Se sentía feliz. Luego él le apartó un mechón de pelo y la besó con delicadeza.

—No tienes por qué asustarte —le dijo—. No tiene por qué ser como fuera antes.

Annabella lo miró.

—¿Cómo lo sabes?

—Me parece que es la única explicación lógica. Estuviste casada con un hombre al que ni querías ni respetabas, un hombre al que he oído calificar de canalla y animal, y por lo tanto supongo que no tuvo ninguna consideración contigo en ningún sentido, incluidas sus exigencias físicas. Pero no siempre es así… —acarició su mejilla y su pelo—. Déjame demostrártelo.

Aquella vez fue extraordinariamente paciente y delicado.

Primero besó ambas comisuras de los labios antes de detenerse en el centro de su boca con exquisita ternura. Annabella sintió desaparecer parte de la tensión que la asfixiaba. Luego fue recorriendo su mandíbula hasta llegar al cuello. La piel de ella se había vuelto extremadamente sensible, pendiente de cada movimiento de sus labios. Involuntariamente entreabrió la boca y él volvió a besarla con la misma delicadeza, invitadora y frustrante al tiempo. Annabella se olvidó de Francis y sus demandas, olvidó sus temores, su nerviosismo y su vergonzosa provocación.

—Bésame —le susurró, rodeándole el cuello con los brazos.

—Tus deseos son órdenes para mí, Annabella...

Y aquello fue lo que siempre había soñado: una excitación cálida y llena de ternura que le hizo ir avanzando paso a paso hacia una misteriosa conclusión. La sangre le volaba por las venas, y su olor y su sabor le llenaban los sentidos. El mundo desapareció y quedo perdida en el placer de su abrazo con total abandono.

Fue Will quien puso fin al beso y dijo, con una mezcla de contento, aflicción y algo más que ella no supo identificar:

—Sigo pensando que deberíamos volver, Annabella. De hecho, diría que es perentorio que volvamos.

Pero ella sabía que sonreía y volvió a acurrucarse contra su pecho, segura de que todo iba bien.

—¿Se puede saber qué has estado haciendo, Will? —la voz de Marcus Kilgaren estaba cargada de humor—. Llevas perdido casi una hora y Annabella casi brilla de felicidad. Puedes mandarme al diablo si quieres —añadió sonriendo—, pero he de decirte que si yo me he dado cuenta, los demás seguramente también.

Con la cabeza señaló hacia donde estaba la señorita Hurst, cuchicheando muy seria con la señorita Mundell. Las dos estaban de pie delante de una estatua de Las tres gracias, lo que componía una escena bastante extraña.

—Pero a lo mejor debo limitarme a darte mi enhorabuena —añadió.

Will sonrió.

—Todavía no, pero puede que pronto...

—Entonces, ¿aún no le has hablado de Larkswood? —insistió Marcus—. Te lo pregunto sólo porque puede haber algún amigo bienintencionado que le hable de ello antes que tú.

La sonrisa de Will se desvaneció.

—No creerás que...

—La señorita Hurst no va a digerir bien el rechazo, y puede que sienta la necesidad de contarle la verdad a Annabella, movida por su buen corazón. Obviamente Annabella no sabe nada de su herencia, ¿no?

Will negó con la cabeza, tomó una copa de la bandeja de un camarero que pasaba y bebió.

—Hace unos días me comentó que los abogados aún estaban intentando aclarar las cuentas de los negocios de Bertram Broseley. Esperaba poder llegar a un acuerdo con ellos sin que Annabella se viera envuelta.

—Pero se enterará, Will. Alguien se lo dirá...

—Está bien —contestó, dejando la copa—.

Quería tener tiempo de conocer a Annabella debidamente para asegurarme de que comprendiera las razones por las que quiero hacerme con Larkswood, pero tienes razón. Debo partir dentro de un par de días, pero después se lo diré.

Y volvió al lado de Annabella como un imán atraído irremisiblemente por el metal.

Marcus le vio acercarse a Annabella, que lo miró con los ojos llenos de felicidad y suspiró.

—Esperemos que no llegues tarde, amigo mío —musitó.

Once

Annabella se despertó al día siguiente con la luz del sol y el calor de la felicidad, que le hizo sonreír incluso antes de haberse despertado del todo. La mansión Mundell estaba en silencio, ya que la mayor parte de los invitados del vizconde no se levantarían tan temprano, una costumbre pueblerina según ellos, pero Annabella se sentía llena de energía a pesar de lo tarde que se habían acostado la noche anterior, así que se levantó, se vistió con otro de los vestidos que Caroline Kilgaren había tenido a bien prestarle, y bajó a tomar el aire. Un mayordomo impasible la informó de que lord Mundell estaba fuera paseando a los perros, pero que el resto del grupo seguía durmiendo. Annabella le dio las gracias y bajó las escaleras del jardín.

Sus pasos la llevaron, accidentalmente o siguiendo los designios de su subconsciente, hacia el lago ornamental que brillaba al sol de la mañana. Un buen número de aves acuáticas pescaban y nadaban sobre el cristal pulido de su superficie y en la isla central las ventanas de la casita de verano reflejaban los rayos del sol. Reinaba la tranquilidad.

Era imposible creer que la escena entre sir William Weston y ella había sucedido de verdad. ¿Lo habría imaginado? ¿Sería sólo un sueño engendrado por el romanticismo de la noche y su propio deseo? Estaba aún contemplando aquella hermosa imagen cuando alguien la llamó por su nombre. Era el vizconde Mundell, y no sir William. ¡Qué desilusión! Mundell y su manada de spaniel llegaron a su lado.

—¡Buenos días, señora St Auby! —la saludó con una sonrisa—. Un día precioso, ¿verdad? ¡Cuánta energía debe tener usted para levantarse tan temprano tras un baile como el de anoche! La mayoría de mis invitados no aparecerán hasta el mediodía.

Annabella sonrió.

—El sol me ha sacado de la cama, milord, y hace un día demasiado hermoso para quedarse en la cama. Estaba admirando el lago. Tiene usted una magnífica colección de aves acuáticas.

Mundell, que era a su modo un ornitólogo aficionado, fue nombrándole las distintas especies y sus particularidades hasta que se dio cuenta, por la expresión de Annabella, que quizás las aves no le eran de mucho interés.

—¡Estoy aburriéndola con mis cosas, como me pasa muchas veces! Paso poco tiempo aquí, y cada vez que vengo vuelvo a descubrir qué es lo que tanto me gusta del campo...

Echaron a andar por el borde del lago charlando sobre las ventajas de la vida en la ciudad y en el campo, hasta que llegaron al límite del jardín y el principio del bosque, donde Mundell se despidió de ella diciéndole que quería ir a darles una buena carrera a los perros.

Annabella dio la vuelta para volver a la casa y oyó a alguien que le hablaba:

—¡Por fin! Creía que no iba a soltarte nunca.

Y Sir William Weston apareció en el camino. Había estado sentado en un pequeño banco que había junto al lago.

—¡Sir William! ¿Llevaba mucho tiempo ahí?

La sorpresa y el recuerdo de lo ocurrido la noche anterior le tiñeron las mejillas.

—Pues sí. Creía que Hugo no iba a dejarte nunca sola.

La brisa de la mañana le había revuelto el pelo, y se pasó una mano para apaciguarlo. Llevaba una vieja chaqueta de caza y pantalones de montar y una corbata anudada descuidadamente, pero todo ello le proporcionaba un aire distinguido difícil de definir pero evidente. Annabella se alegró de haberse tomado la molestia de vestirse con aquel bonito vestido de color paja, pero lo que nunca se imaginaría era lo preciosa que estaba con la brisa meciendo los bucles de su pelo, arrebolándole las mejillas y acentuando el verde de sus ojos.

—Ven conmigo a la rosaleda —dijo él de pronto—. Quiero decirte algo.

Annabella le siguió algo inquieta bajo el arco fragante que daba la bienvenida al jardín de rosas, protegido de miradas curiosas. El sol todavía no había calentado los viejos muros y se estremeció con una mezcla de fresco y anticipación, pero al mirarle a la cara cayó en la cuenta de que no era hablar lo que deseaba. La rodeó por la cintura para llevarla a un rincón y, teniendo presente su reacción de la noche pasada, la besó con suavidad hasta que la sintió relajarse contra su cuerpo. Poco a poco fue dejando que sus labios le comunicaran su pasión hasta que se dio cuenta de que su inocente pero sentida respuesta estaba a punto de transformarse en auténtico deseo. No había pensado hasta aquel momento en sí mismo, pero aquella mujer hacía nacer en él una necesidad casi imposible de contener. Entonces llegó hasta donde estaban el sonido de pisadas en la gravilla y la voz de la señorita Hurst que hablaba con alguien.

—Diga lo que diga, la familia no es precisamente trigo limpio. ¿Cómo iba a serlo si su padre era aquel tal Broseley, un ricachón aborrecible? Luego la hermana mayor se casó con un setentón por su dinero y la pequeña cazó a Francis St Auby de ese modo tan deleznable... anoche lady Oakstone me contó un cotilleo delicioso, ¿sabes? Según me dijo, Annabella Broseley tenía la costumbre de darse sus paseítos con Francis por el bosque, ya sabes, mucho antes de la boda. Incluso dicen que no era el primero...

Y la voz se perdió en la distancia.

Will la soltó despacio, y lamentó ver cómo la realidad le había arrebatado el color a su rostro y el brillo a sus ojos.

—No tienes nada de qué avergonzarte, Annabella —le dijo, sosteniendo sus manos—, ni ahora, ni en el pasado. La señorita Hurst tiene la lengua muy afilada, y en este momento su desazón la lleva a ejercitarla contigo. No le prestes atención, por favor.

—¿Con quién estaba?

—No lo sé. Con la señorita Mundell quizás, porque nadie más podría soportar su grosería. Pero no le hagas caso, Annabella. Está amargada por su fracaso.

Ella asintió despacio. Volver a la realidad con semejante bofetada había echado a perder la dulzura del momento, aunque no lo había hecho desaparecer del todo. Nunca se había sentido así. Era incluso un poco turbador, pero increíblemente placentero...

—No me mires así, Annabella, o se me olvidarán las buenas intenciones —protestó él—. Quiero hablar contigo de una cosa. Tengo que ausentarme durante unos días. He de ocuparme de un asunto con mi abogado en Londres —añadió al ver su desilusión—, o no me iría en un momento así. ¿Te quedarás en Mundell hasta que yo vuelva para que pueda saber que estás a salvo aquí?

—No —le contestó en voz baja. Seguir allí con la insoportable presencia de la señorita Hurst y sin estar él a su lado, iba a ser insoportable. Incluso lady St Auby era una mejor opción—. Creo que me volveré a Taunton. De todos modos había pensado volver hoy, y después de lo que ha pasado, no quiero permanecer aquí en esta compañía.

—Está bien. No voy a intentar hacerte cambiar de opinión, pero hay algo que debo decirte, Annabella, y puesto que no creo que tengamos la oportunidad de volver a hablar en privado hasta mi vuelta de Londres, ¿tengo tu permiso para ir a visitarte a Fore Street?

Annabella contuvo el aliento. No podía malinterpretar aquello: pretendía hacerle una proposición en toda regla. Asintió con una sonrisa y él la besó en la mejilla con suma ternura, pero Annabella deseó poder pedirle que hablase allí, en aquel mismo instante.

—Debemos volver a la casa —dijo, colocándose la mano de Annabella en el brazo—. ¿Serás capaz de fingir que nuestro único interés en este rincón del jardín ha estado centrado en las rosas?

Ella enrojeció de nuevo y él no pudo por menos de volver a besarla. Unos maravillosos y apasionados minutos más tarde, consiguieron volver a separarse. Annabella había perdido las horquillas del pelo y el chal se le había enganchado en los arbustos cuando Will se lo quitó de los hombros para besar la línea de su cuello. Tenía los labios inflamados y los ojos llenos de brillo y deseo. Y Will tampoco parecía mucho más sereno que ella.

—¡Basta ya! —dijo, separándose unos pasos—. ¡Que no soy de piedra! ¡Tenemos que irnos a casa ya!

Y volvió a tomarla por el brazo, pero aquella

vez sí que emprendieron el camino de vuelta a casa paseando lentamente por el jardín. Fue una lástima que la señorita Hurst atravesara el vestíbulo de mármol justo cuando ellos subían las escaleras. Se detuvo y los miró de arriba abajo.

—Vaya, señora St Auby, ¿le ocurre algo? ¡Parece como si la hubieran arrastrado por los arbustos! Incluso lleva espigas en el pelo —miró a sir William, cuya expresión era, como siempre, inescrutable, y fuera lo que fuese a decir, las palabras murieron en sus labios—. Bueno —continuó con la presa más fácil—, después de tanta actividad, debe estar usted ya bien despierta. Aunque tengo entendido que madrugar no es nuevo para usted. El desayuno está servido en el comedor. ¡Debe tener mucho apetito!

Y riendo encantada, dio media vuelta y subió escaleras arriba.

Doce

—Según parece, la marina se ha granjeado ahora su afecto, señora St Auby —comentó la señora Eddington-Buck con un brillo malintencionado en la mirada. Lady St Auby contuvo el aliento antes de que Annabella pudiera siquiera pensar qué responder.

—¡Es un escándalo, Millicent! Primero permite que el joven Jeffries la corteje, y luego se dedica a pasear a solas con ese marino majadero. Pero... por otro lado, no hay que sorprenderse de nada. Su madre era como ella, siempre dispuesta a echar la red a cualquier hombre. ¿Cómo crees que acabó con ese tal Broseley? He oído que...

Annabella se levantó y abandonó la habitación. Se había acostumbrado a ser criticada inopinadamente, pero escuchar tales ataques hacia su madre le hizo un daño inesperado. Lady Julia Broseley había sido una mujer dulce, tímida e insegura que se vio deslumbrada por la apariencia de Bertram Broseley y la confianza en sí mismo que derrochaba a raudales. Se había casado con ella por las conexiones de su familia, y cuando sus padres la desheredaron por haberse fugado con él, su marido empezó a tratarla con el desdén que le inspiraban los objetos que ya no le servían. La pobre Julia, ahogada de tristeza, le dio dos hijas y murió tan calladamente como había vivido cuando Annabella tenía sólo unos cuantos días.

Annabella subió a su pequeño dormitorio, el único lugar en el que podía escapar a la afilada lengua de lady St Auby y se sentó junto a la pequeña ventana con intención de leer. Tras los grandes y sencillos espacios de la mansión Mundell, el viejo cuchitril de los St Auby le resultaba particularmente claustrofóbico, especialmente después de que su madre política intentase pinchar su felicidad con la clara conciencia que suelen tener las personas infelices de la felicidad de los demás.

Apenas habían pasado dos días desde que se

marchó de Mundell, pero a ella le parecía mucho más. No podía concentrarse en la lectura y cerró el libro con un suspiro, ya que la mención de George Jeffries le había traído a la memoria la extraordinaria conversación que había mantenido con él el día de antes.

No esperaba verlo después del breve enfrentamiento que habían tenido semanas antes, y se había llevado una sorpresa al oír anunciar su visita, pero estaba demasiado segura e imbuida de su nuevo amor por William Weston que no se paró a pensar por qué estaría allí.

Jeffries había entrado al salón como si su disputa no hubiera tenido lugar. Es más: se presentó con un ramo de rosas rojas, que por cierto no estaban precisamente en su mejor momento.

—¡Annabella, amor mío! —exclamó al entrar, dejando las rosas descuidadamente sobre una mesa. Tomó su mano y la besó—. ¡Estás preciosa hoy! ¡Estar con Mundell y sus amigos te sienta de maravilla! ¡Es la comidilla de toda la ciudad!

Annabella sintió que crecía su irritación. Y lo que era aún peor: la puerta del salón estaba entreabierta y pudo ver el rostro de su suegra escuchando sin pudor alguno, con la doncella pegada a sus talones,

—¡No esperaba volver a verle, señor! —lo saludó con frialdad—. Entendí por su despedida la última vez que nos vimos que había decidido dedicar sus atenciones a otra persona.

Era ya demasiado tarde cuando se dio cuenta de que él había interpretado su respuesta como una rabieta de celos, porque sonreía de oreja a oreja y la miraba de arriba abajo con sus ojos grises y una inconfundible insolencia.

Se sentó rápidamente y él hizo lo mismo frente a ella sin dejar de mirarla. Annabella sentía ganas de abofetearle.

—Debes perdonarme —dijo él, dando por sentado que lo haría—. Me desilusionó tu reticencia aquella noche, pero entiendo que debes mantener el duelo un poco más.

—Mi reticencia no tenía nada que ver con esa actitud tan convencional e hipócrita, señor. Lamento infinito que le resulte difícil de admitir que no tengo interés alguno por recibir sus atenciones.

—¡Ah, la viuda respetable! No digas más, amor mío, que no volveremos a discutir por ese tema. Pero no olvides que la distinción de que te han hecho objeto Mundell y sus amigos puede durar poco. Se olvidarán de ti tan súbitamente como despertaste su interés, y seguramente mis atenciones no te parecerán entonces tan desdeñables.

¿Hasta qué punto iba a tener que ser grosera para deshacerse de él?

—¿Eso es todo lo que tenía que decirme, señor? Si es así, le ruego...

—No. Hay algo más —cortó él con una sonrisa desagradable—. He venido para advertirte.

—¿Advertirme? ¿Sobre qué si se puede saber?

—Sobre sir William Weston —contestó, apartando la mirada—. Es un hombre en el que no se puede confiar.

La rabia de Annabella volvió con más fuerza.

—¿Y qué puede usted tener que decirme sobre él? Que yo sepa, ni siquiera se conocen.

—En efecto: no le conocía en persona antes de la noche del baile, pero sí su reputación —cambió de postura en su asiento, aún sin mirarla—. Y no es precisamente buena, Annabella. Sólo me mueve la preocupación que siento por ti.

—Es usted muy amable, señor, pero dudo que esté usted en posición de criticar a nadie, y menos en lo que concierne a su reputación.

—No estoy diciendo que sea un mujeriego —contestó—, aunque he oído decir que...

—Gracias, pero no me interesan los rumores.

—No, claro —respondió con una untuosa sonrisa—, pero se trata de algo muy serio, Annabella.

Había algo en su tono que le llamó la atención y la ira cedió un poco. ¿De verdad podía haber algo tan serio que él supiera?

—¿A qué se refiere?

—A la traición.

Hubo un silencio. El reloj de la chimenea hacía un ruido espantoso.

—Creo que ha perdido usted el juicio, señor. ¿Traición? ¿Quién puede haber dicho algo así?

—Ojalá la hubiera perdido —se lamentó él—. Cuando servía en el ejército a las órdenes del general Ross en los Estados Unidos, Weston era el capitán de una fragata que participó en la batalla naval del lago Champlain en el año catorce. Cuando su navío cayó en línea de fuego, dicen que se retiró y huyó en lugar de prestar el debido socorro a un barco de su escuadra. Se habló de incumplimiento del deber, pero no se presentaron cargos. Como sabes, Weston tiene amigos en las altas esferas. Se dice incluso que fue corsario en las Indias. ¿Cómo crees si no que hizo su fortuna? He pensado que debías saberlo...

Annabella se levantó como golpeada por un rayo.

—Le agradezco que haya venido a extender sus malintencionados rumores, señor —le dijo. La rabia hacía temblar su voz—. Ahora le agradeceré que abandone esta casa. No quiero seguir escuchando sus murmuraciones. ¡Si nunca se han presentado cargos contra sir William, flaco favor se hace usted difamándolo de ese modo! ¡Buenos días, señor!

Jeffries se levantó. Había una mirada perversa en sus ojos que desdibujaba sus facciones, de natural agradables, transformándolas en una mueca de malevolencia.

—¡Bien se ve que descalificar mis palabras sirve a tus propósitos por la esperanzas que albergas con Will Weston! Pues sepas que jamás se casaría contigo porque ¿quién eres tú al fin y al cabo? ¡La hija pobre de un comerciante a la que ni su familia quiere! ¡Weston tendrá peces mucho mayores que tú con tan sólo lanzar la caña!

Y dando media vuelta, abrió la puerta de par en par, con lo que lady St Auby se vio sorprendida y salió despavorida. Annabella sintió náuseas. Se había olvidado de su suegra y de su costumbre de espiar conversaciones ajenas. Todo Taunton se enteraría de la historia, por supuesto con muchos más adornos, antes incluso de la hora del té. Cuando la puerta principal se cerró de un golpe, Annabella agarró a su suegra por un brazo.

—¡Me había olvidado de su costumbre de espiar conversaciones ajenas, *madam*! —espetó, hundiéndole los dedos en la carne—. Si lo que ha escuchado aquí sale de estos muros, lo usaré contra usted. Es más, ¡aconsejaré a sir William que la demande por injurias! Es un hombre rico y podrá permitirse ese gasto... a diferencia de usted, ¿no es así, *madam*? Y ahora, por primera vez en su vida, espero que tome una decisión basándose en el buen juicio en lugar de en el placer de la maledicencia!

Lady St Auby retrocedió. Nunca había visto tal furia en la mirada de su nuera, aunque ésta ya había soltado su brazo sorprendida de su propia vehemencia. Sabía que se estaba enamorando de sir William por el placer que le suscitaban sus atenciones y estaba deseando que volviera y le declarara su amor, pero primero estaban las insinuaciones de la señorita Hurst, luego las de lady St Auby y ahora las de Jeffries. ¿Es que todo el mundo tenía interés en destrozar su felicidad?

Recordar aquel incidente le hizo lanzar el libro al sillón y mirar a través del polvoriento cristal de su ventana hacia Fore Street. Tendría que hablar de todo aquello con Caroline Kilgaren, con quien había quedado para salir de compras al día siguiente.

Caroline la tranquilizaría, sin duda. Diría que todo eran habladurías sin fundamento a las que no debía prestar ni un momento de atención. Y pronto Will estaría de vuelta. Recogió el libro e intentó concentrarse en su lectura. Así el tiempo transcurriría más deprisa.

Trece

El día siguiente amaneció nublado, cubierto de una orla gris que encajaba con su estado de ánimo. Era aún temprano cuando alguien llamó a la puerta y poco después entró la doncella con un ramo de flores de los jardines de Mundell, que aún traían el rocío de la mañana sobre los pétalos. A diferencia del obsequio de Jeffries, las rosas eran todavía apretados capullos cargados de perfume y de la promesa de un maravilloso futuro, y venían acompañados de una tarjeta con la caligrafía de sir William en la que le pedía que no le olvidara y le aseguraba que pronto volverían a verse. Annabella sonrió al ponerlas en agua y realizó todas sus tareas de la mañana canturreando alegremente. El impacto de las palabras de Jeffries había ido perdiendo intensidad, lo mismo que la malicia de las palabras de su madre política resbaló en ella sin apenas tocarla, segura como se sentía de un amor que parecía recíproco.

La ciudad estaba bulliciosa cuando salió al mercado. Desde el incidente con el cubo de agua, lady St Auby le había asignado las tareas menos pesadas de la casa y a Annabella no le importaba ir al mercado. Tenía buen ojo para la calidad de los productos y a los vendedores les gustaba su llaneza. Mientras que las doncellas solían volver con las hortalizas más viejas bien para sisar en la compra, bien porque los vendedores las engañaban, Annabella solía conseguir buena calidad a buen precio. Pero aquella mañana, la experiencia no resultó ni mucho menos gratificante.

Fue encontrándose corrillos de mujeres a su paso que empezaban a cuchichear apenas había pasado de largo: comentarios sobre la repentina marcha de Sir William de Mundell y sobre la supuesta relación que ambos mantenían, maledicencias que se detenían en seco cada vez que ella se volvía a desafiarlas con la mirada. Así que o bien lady St Auby había sido incapaz de contener la lengua, o bien Jeffries había estado inyectando veneno en los oídos que quisieran escuchar. Annabella volvió rápidamente a casa con la intención de enfrentarse a su suegra, pero la encontró con la visita de la señora Eddington-Buck.

Era casi mediodía cuando alguien llamó a la puerta, pero estaba tan abatida que ni se preguntó quién podía ser. Oyó voces en el vestíbulo y de pronto se abrió la puerta del salón.

—¡Mi querida señora St Auby! ¿Cómo está usted?

Era el abogado de su padre, el señor Buckle. No le había visto desde el fallecimiento de su padre, cuando el pobre tuvo que enfrentarse a la enojosa tarea de decirle que los bienes de su progenitor se habían visto devorados por sus deudas. Se quitó el sombrero, lo entregó a la doncella y aceptó el ofrecimiento de Annabella de una taza de té.

—Un día inclemente —comentó, quitándose el abrigo y dejándolo a secar en el respaldo de una silla—, pero portador de buenas noticias. ¡He de darle una excelente noticia!

Annabella se levantó y fue a cerrar la puerta. No quería darle a su suegra la oportunidad de espiar aquella conversación.

El señor Buckle había abierto su portafolios y

estaba sacando documentos con aires de importancia.

—Por fin hemos terminado de analizar los asuntos financieros de su padre —dijo con gran pompa—, y me complace informarla de que ha quedado alguna de sus propiedades, algo muy pequeño he de decir, teniendo en cuenta la importancia de la fortuna de su padre, pero sin embargo, suficiente para poder ofrecerle unos modestos ingresos.

Annabella se había vuelto a mirar los capullos de rosa puestos en el jarrón.

—¡Magnífico, señor Buckle! Y esos ingresos, ¿bastarán para... —casi no se atrevía a hacer la pregunta— ...para vivir de ellos?

—Es una suma moderada, pero si se hacen las inversiones debidas, creo que sí, que podría bastarle para vivir sin grandes lujos.

Podría bastarle para escapar por fin de aquella casa, y casi sin querer volvió a pensar en sir William. Podría por fin abandonar aquella casa, pero seguiría siendo bien poca cosa para él... mientras se reprendía por volver a pensar en sir William una puerta se abrió y la doncella llevó una humeante taza de café mientras por la puerta abierta podía verse la silueta de lady St Auby. La puerta se cerró y Annabella se dio cuenta de que el señor Buckle seguía hablando.

—...todas las propiedades se vendieron para saldar las deudas, pero una de ellas se ha salvado. Es pequeña, porque se trata sólo de treinta acres, con una granja y una casa modesta...

Era obvio que la palabra «modesta» era una de las favoritas del señor Buckle, que encajaba a la perfección con aquel hombrecillo moderado y respetable. Siempre le había llamado la atención que un hombre como Bertram Broseley hubiera escogido un abogado tan honrado, aunque bien pensado, quizás lo había elegido precisamente por eso.

—Pero hay un problema —estaba diciendo—. La titularidad de la propiedad está en litigio.

—¿En litigio? ¿Quiere decir que la casa no es mía en realidad?

—¡Desde luego que no, señora St Auby! La propiedad es suya, heredada de su padre, quien a su vez la había... comprado a su anterior propietario hace cinco o seis años. Lo que está en litigio es el modo en que su padre la... compró.

—¿Extorsión? ¿Chantaje? —preguntó en voz baja. Las posibilidades eran infinitas.

El señor Buckle parecía escandalizado, como cada vez que alguien sugería que los métodos del señor Broseley no eran escrupulosamente honrados.

—¡Señora St Auby! ¡Por supuesto que no! La

casa se ofreció como pago a una deuda de juego… una apuesta entre su padre de usted y un caballero, que más tarde lo lamentó. Pero el trato estaba hecho, aunque fuera poco… ortodoxo, podría decirse. Su padre siempre prefería propiedades a dinero en efectivo en estas circunstancias. Su valor siempre crece y le proporcionó unos espléndidos beneficios.

Annabella suspiró y él también, aunque por distintos motivos.

—Pero ahora el hijo del anterior propietario amenaza con llevar el caso ante los tribunales, aduciendo que el acuerdo era ilegal. Obviamente lamenta el modo en que su padre perdió esa propiedad, y aunque no se trata ni mucho menos de un caballero pobre, parece ser que quiere recuperar la propiedad por razones sentimentales. He de admitir que ha sido implacable en su demanda —comentó, frunciendo el ceño.

El perfume de las rosas le llegó a la nariz al mismo tiempo que una sombra rozó su corazón, sembrando la duda.

—¿Dónde está la propiedad?

—En Berkshire, creo… —contestó el abogado, revolviendo papeles.

«…es una casa en Berkshire Downs, justo al norte del pueblecito de Lambourn».

—El anterior propietario era un tal sir Charles Weston…

«…mi padre murió hace unos años, pero yo hace mucho tiempo que no he estado allí…».

Los ojos se le llenaron de lágrimas y el perfil de aquellas hermosas flores se borró. Aun a pesar de su desesperación, recordó que siempre había sospechado que sir William tenía alguna razón para acercarse a ella. Había calmado sus dudas, se había ganado su corazón y había fingido sentir también algo por ella. Qué ironía que la señorita Hurst hubiera estado en lo cierto y que el encanto de sir William fuera el medio para alcanzar el fin que pretendía… el señor Buckle siguió hablando durante un rato, pero Annabella no tenía ni idea de lo que estaba diciendo.

Catorce

—Entiendo cómo te sientes, querida —dijo Caroline Kilgaren, disgustada—, pero ¿no estás dispuesta a esperar un poco? Una partida tan apresurada no puede servir apara arreglar las cosas, y estoy convencida de que sir William querrá explicarte en primera persona la situación…

No continuó hablando. Hacía tiempo que conocía a Alicia, la hermana de Annabella, y sabía cuándo era malgastar saliva.

Annabella estaba muy pálida, inmóvil en su silla frente a ella. Tenía los ojos llenos de lágrimas y los labios apretados.

—No quiero oír ninguna de las excusas de sir William, *madam*.

El viento arrojó otra carga de lluvia contra los cristales de la ventana.

Caroline suspiró.

—Yo esperaba que a estas alturas ya habrías recibido una carta de tu hermana invitándote a quedarte con ella... eso habría solucionado todos tus problemas. Porque tú le escribiste, ¿verdad?

Annabella asintió, lamentándose haber tomado la decisión de hacerlo.

—Lo hice, pero le ruego que no le hable de ello. Los amigos de sir William no deben verse entre la espada y la pared. No quiero causarle problemas a mi hermana, y mucho menos a usted, *madam*. Ha sido tan amable conmigo que sólo puedo sentir gratitud por ello. Pero estoy decidida. Mañana partiré.

Caroline se encogió de hombros.

—Veo que no hay modo de hacerte cambiar de opinión. Supongo por lo tanto que la casa estará habitable, ¿no es así?

—Desde luego —mintió con descaro, intentando olvidar la expresión horrorizada del señor Buckle cuando le rogaba que le diera al menos tiempo para que alguien la limpiase. Había desaprobado su intención de salir inmediatamente para Larkswood. El buen hombre se había dado cuenta de que algo la preocupaba y había intentado disuadirla de salir para una casa que llevaba tres años vacía, pero sus protestas no habían servido para nada. Un par de minutos habían bastado para que Annabella tomase la decisión de reclamar su herencia ante las mismas narices de Will Weston.

Will Weston... primero se había ocupado de que le resultara imposible seguir viviendo bajo el mismo techo de los St Auby mostrándole otra existencia muchos más deseable, y ella había caído en la trampa creyendo que Will Weston y sus amigos podían ser su mundo. Aún peor: se había enamorado de él, y ahora el romanticismo había desaparecido, pero no ese amor.

—¿Tienes a alguien que te acompañe? —preguntó Caroline, trayéndola con sus palabras al presente de aquella herrumbrosa habitación y claustrofóbica existencia—. ¡No estaría bien que vivieras sola en Larkswood!

—No debe preocuparse en ese sentido.

Annabella había escogido a la única doncella de los St Auby que no era ni zafia ni hosca. Que resultara buena compañía era harina de otro costal, pero tendría que valer porque no había nadie más.

Caroline seguía sin estar convencida.

—Entonces, sólo puedo desearte buena suerte

—dijo, levantándose y recogiendo su bolso de la mesa—. Pero Annabella —añadió, abrazándola—, si necesitas algo, por favor, házmelo saber. ¡No me gusta que las cosas acaben así!

Annabella contuvo las lágrimas.

—Es lo mejor…

—Will estaba interesado sólo en ti —dijo de pronto, incapaz de soportar el dolor de la muchacha que tenía ante sí. Era evidente que estaba enamorada de Will Weston y que se sentía traicionada por él, y Caroline era una amiga leal que no podía soportar ver a dos personas a las que quería sufrir por una situación que sólo días antes era tan prometedora—. Jamás se habría casado contigo por recuperar Larkswood.

—Sí, yo estoy convencida de eso —contestó Annabella con amargura—. ¡No iba a consentir en atarse a una mujer a la que no ama por conseguir una propiedad tan insignificante, siendo tan rico!

—Entonces, ¿por qué no puedes creer que siente algo por ti?

—¡Porque no me habló de Larkswood desde el primer momento! ¡Porque no me dijo la verdad, ni confió en mí! O quizás lo que pensó fue enamorarme para poder convencerme de que le vendiera Larkswood por menos de su valor con la esperanza de que yo, pobre idiota, estuviera dispuesta a complacerle a cualquier precio. Incluso puede que deseara cumplir en mí una absurda venganza contra mi familia. No puedo saberlo porque él decidió no confiar en mí. No confió en mí —repitió.

Caroline movió despacio la cabeza, consciente de que no tenía sentido insistir más.

—No voy a decirte adiós porque estoy segura de que volveremos a vernos —dijo—. Hasta pronto, Annabella, y buena suerte.

Y al salir de la casa se cruzó con lady St Auby, a la que dedicó una mirada tan glacial que no tuvo más remedio que desaparecer.

El carruaje la llevó de vuelta a la mansión Mundell, donde le dijeron que los hombres habían salido a cazar, así que pensando en la disputa con Will, decidió ir a su habitación y sentarse al escritorio para redactar una nota dirigida a su más querida amiga, Alicia Mullineaux.

La desilusión y la tristeza de Annabella crecieron con el paso del tiempo. Demasiado inexperta y demasiado enamorada, ahondó en su sensación de haber sido traicionada hasta que se convenció de odiar a Will Weston. Le irritaba enormemente que el pensamiento le jugase malas pasadas sorprendiéndola cuando menos se lo esperaba con una imagen de él, o un recuerdo del tiempo que habían pasado juntos.

Y para colmo, su decisión de trasladarse a Larkswood resultó ser un auténtico desastre. Al día siguiente de la visita del señor Buckle, salió acompañada de Susan, su doncella, a primera hora de la mañana para iniciar el largo viaje hasta Oxfordshire. El coche avanzaba penosamente por los caminos dando saltos y zarandeándolas hasta que les dolieron todos los huesos del cuerpo. Tenía el dinero justo para pagar el pasaje de ambas hasta Faringdon, y a partir de allí un amable carretero las llevó a lo largo del anchuroso y llano valle hacia Lambourn. El hombre las dejó ante la puerta de Larkswood justo cuando el sol se ocultaba tras las colinas, aquellas onduladas elevaciones que sir William le había descrito de modo tan magistral aquella ocasión en la terraza de Mundell. Estaban cansadas y cubiertas de una fina capa de polvo del viaje, y cuando el carretero desapareció tras la empinada cuesta, un silencio tan antiguo como el mismo tiempo descendió sobre ellas. El cielo del atardecer era de un brillante azul y el sol poniente prestaba sus vapores sonrosados a la piedra de la casa. Una gata atigrada estaba plantada en mitad del jardín desierto y las observaba con sus ojos dorados y sin pestañear, hasta que de pronto una rata atravesó el huerto a todo correr. El animal salió como un rayo tras ella y Susan lanzó un grito aterrador antes de lanzarse en los brazos de un joven que acababa de aparecer en el jardín.

Resultó ser una presentación productiva. El joven en cuestión, Owen Linton, era el arrendatario de la granja de Lara Farm; Susan era una joven agraciada y pronto el muchacho se enamoró perdidamente de ella, por lo que pudieron contar con sus servicios para arreglar puertas y clavar las tablas sueltas del suelo. Pero a pesar de ello, era una batalla perdida.

Pensar en todo lo que les quedaba por hacer le hizo suspirar. Larkswood era una casa encantadora y de buena distribución, erigida a cierta distancia del camino que unía Lambourn con la carretera que discurría hacia el este, en dirección a Oxford. Tenía cuatro dormitorios, un comedor y un salón de generosas medidas, cuyas ventanas miraban al jardín y al huerto. Entre la casa y la granja había un camino empedrado, y al final de una de sus ramificaciones estaba lo que quedaba de la casa vieja, como la llamaba Owen, una pequeña mansión medieval que había quedado reducida a un par de habitaciones y un montón de piedras. Y no es que la casa nueva estuviese en condiciones mucho más venturosas. Tres años de abandono habían dejado huella de humedad en las paredes, agujeros en alfombras y cortinas, y carcoma en los muebles. Había ratones en la cocina, a pesar de la presencia de la gata, y la única agua había que extraerla de un pozo en el jardín. La pintura se desconchaba, las baldosas del suelo estaban sueltas y la tablazón del piso gemía sin parar. Estaban a casi diez kilómetros del pueblo más cercano y no tenían medio de transporte...

Annabella volvió a suspirar. La roldana de la que pendía la cadena del pozo estaba podrida y la propia cadena oxidada del desuso. Se oía el ruido del cubo al caer en el agua, pero la manivela se negaba a girar y había empezado a sudar al sol de la mañana con los esfuerzos.

Y todo por culpa de sir William Weston, pensó, decidida más que nunca a no renunciar a Larkswood. Le demostraría que no se la podía primero enamorar y después olvidar como si fuera un pañuelo sucio. ¡Que la llevase ante los tribunales si ése era su deseo, que no se plegaría a su voluntad!

El sonido de unas pisadas de caballo en el camino la arrancó de sus pensamientos. Rara vez se recibían visitas allí, y aparte de algún que otro carro cargado de heno que pasara, pocos vehículos utilizaban aquellos caminos.

Quince

El jinete tomó la curva del camino, llegó hasta la puerta, desmontó y lanzó las riendas del caballo por encima de la valla en un gesto que parecía haber repetido un millar de veces.

—¡Tú!

Annabella se quedó mirando atónita. El viaje había alborotado el pelo castaño de Will Weston, pero por lo demás era el único signo de desarreglo en su persona, y Annabella descubrió que el paso de aquellas cuatro semanas no había conseguido reducir el impacto de la sorpresa y el dolor que le produjo volver a verle.

No podía ser indiferente a él por mucho que lo intentara.

—Buenas tardes, Annabella.

Le causó un dolor físico oírle pronunciar otra vez su nombre, escuchar de nuevo aquella voz profunda, fría, considerada, autoritaria...

—No es usted bienvenido aquí, sir William —espetó, consciente de las telarañas que llevaba en la ropa y el pelo—. ¡Fuera de mi propiedad!

Se diría que ni la había oído, porque siguió avanzando hacia ella con paso decidido.

—Quiero hablar contigo —dijo, plantándose delante.

—¡Pues yo no siento el menor deseo de hablar con usted! ¡Márchese!

Pero Will seguía impertérrito. Es más, tuvo la desfachatez de sonreír como quien trata con un chiquillo maleducado. La sangre le hervía a Annabella.

—¿Es necesario tanto melodrama? Creía que podríamos entrar en la casa y hablar razonablemente de todo esto.

¡Razonablemente! ¡Eso era lo último que ella quería hacer!

—No me está escuchando, señor —respondió, furiosa—. ¡No deseo hablar con usted! ¡Fuera!

Ningún caballero que conociera, y mucho menos alguien con los modales de sir William, haría oídos sordos a sus palabras e impondría su presencia, y ya había dado media vuelta con intención de entrar en la casa cuando Will la agarró por la cintura y la hizo entrar gritando y pataleando. Susan, que había acudido al jardín a ver qué pasaba con el cubo de agua, contempló la escena boquiabierta.

—Pues me vas a escuchar quieras o no —espetó dejándola de pie en mitad del salón, y retrocedió un paso seguro de que ella intentaría abofetearle. Cerró la puerta y miró a su alrededor—. Dios bendito...

Aquella exclamación espoleó su rabia. Las delicadas molduras del techo se estaban cayendo a trozos y el moho crecía por las paredes. Las tablas del suelo se habían hundido en una esquina y las cortinas estaban podridas. Apenas había muebles y el olor a humedad lo invadía todo.

—No puedes seguir aquí —dijo.

—Sí, ya sé que eso es lo que quería decirme —contestó ella, temiendo de pronto echarse a llorar—. ¿Acaso pretende comprar mi propiedad? ¿O ha decidido no ofrecer ni un céntimo por esta ruina y me va a llevar ante los tribunales? Porque si es así, llega usted tarde: mi abogado ya me lo ha contado todo.

Sir William suspiró y se guardó las manos en los bolsillos.

—Lo que quiero decir es que este lugar no está en condiciones de que nadie viva en él, y que lo único que vas a conseguir es ponerte enferma si te quedas aquí. ¡Pero si las paredes rezuman humedad! ¡Dentro de una semana, estarás en la cama con fiebre!

—Tanta preocupación me conmueve, señor —se burló—. Pero no es necesario que siga fingiendo. ¡De haber sentido alguna consideración hacia mí, me habría hablado de su interés por Larkswood desde el principio, en lugar de intentar engañarme con palabras dulces y falsas!

—Por fin llegamos a ello —contesto él, y volvió a abrir la puerta para que entrase aire fresco y sol—. No es como tú te lo imaginas, Annabella. ¿Cómo podía decírtelo? Estaba entre la espada y la pared: sabía que si te hablaba de Larkswood nada más conocernos, creerías que era ése mi único interés, o que estaba intentando ganarte para conseguir recuperar la propiedad por un precio mínimo. Sabía que no te creerías que mi único interés era por ti.

—Y sigo sin creerlo. ¡Ahora sé bien hasta qué punto eran verdaderos aquellos sentimientos!

Vio que un músculo le temblaba en la mandíbula y la embargó una sensación de triunfo al darse cuenta de que había podido traspasar su indiferencia y exasperarle.

—¿Ha venido a decirme que ha cambiado de opinión y que no piensa reclamar Larkswood?

—Si me dejaras explicarte... mi padre lamentó haber hecho el trato con Bertram Broseley y perder esta casa. Intentó comprársela de nuevo varias veces, pero tu padre no quiso ni oír hablar del asunto, y yo estoy intentando demostrar que el cambio de propiedad fue ilegal porque necesito la casa para...

—¿Que usted necesita esta casa? —explotó de nuevo—. ¡No, señor! Soy yo quien la necesita. Teniendo tanto como tiene, ¿de verdad pretende arrebatarme lo único que es verdaderamente mío? ¿Qué quiere que sea de mí? ¿Que me convierta en una... pensionista en casa de hermana, o aún peor, en objeto de la caridad permanente de lady St Auby?

—Semanas atrás yo esperaba que te convirtieras en mi esposa —dijo en voz baja.

—¡Oh! —la crueldad de sus palabras le llegó al corazón y sintió que se quedaba sin aliento, como si la hubieran golpeado en el estómago—. ¡No es necesario que siga dorándome la píldora, señor! ¡Jamás ha sentido nada por mí, y yo nunca he sentido nada por usted!

—¿Es eso cierto?

Sir William se había movido con sorprendente agilidad para rodearla con sus brazos, a pesar de que ella se resistía. Si hubiera intentado besarla, le habría mordido, pero no fue así. Se limitó a sujetarla para que no pudiera moverse.

—Ahora, amor mío, recuerdo que una vez pensé que la honradez era una de tus principales virtudes. Sé sincera ahora, y dime otra vez que te soy indiferente.

—Ya veo que se está divirtiendo bien a mi cosa...

—¿Divertirme? —espetó él, claramente irritado—. Estás decidida a creer lo peor de mí, ¿verdad? ¿Y si me decidiera a darte razones verdaderas para que me juzgues así?

Era injusto. Sujeta así, sólo podía pensar en la traición de su propio cuerpo al sentir el contacto con él, la excitación familiar y embriagadora de su calor. Le miró a los ojos desesperada.

—No es necesario que me aclare cuáles son sus sentimientos hacia...

—¡Por supuesto que lo es!

No podía resistirte a él, ni quería. Aquella vez no hubo concesiones a su inexperiencia. La besó con vehemencia, y ella le devolvió el beso del mismo modo.

Estaban tan absortos que no oyeron el ruido del carruaje en el camino, ni las voces en vestíbulo. Y no se separaron hasta que se oyó una voz de hombre divertida que decía:

—Vaya, William. ¡Hasta hoy te había encontrado en situaciones extraordinarias, pero ninguna como ésta!

Fue un momento delicado. James Mullineaux estaba en la puerta con una sonrisa divertida, observándolos. Annabella vio que Alicia estaba a su lado, inmaculadamente hermosa con un vestido amarillo brillante, que debería quedar fatal con su cabello castaño, pero que por supuesto, le sentaba a las mil maravillas. Y aun peor: detrás de ellos, pero inconfundible, iba la condesa viuda de Stansfield, a quien no conocía pero cuya identidad era obvia. Lady Stansfield, vestida de verde esmeralda, el color de sus ojos, observaba a Annabella con una expresión indescifrable.

—Habíamos pensado invitarte a que vinieras con nosotros a Oxenham, Annabella —le dijo su hermana, llenando el incómodo silencio—, pero si has arreglado tus desavenencias con sir William...

Miró primero las mejillas encendidas de Annabella y después los rasgos deliberadamente inexpresivos de él.

—¡Por supuesto que no! —espetó ella—. Sir William se ha comportado de un modo arrogante e infundado que a él le ha parecido que sería bienvenido, pero no lo es, a pesar de lo que puedan indicar las apariencias.

—Ha sido una buena jugada, Will —bromeó James Mullineaux, y Annabella lo miró frunciendo el ceño, olvidando la admiración que siempre le había merecido el guapísimo marido de su hermana.

—Bueno, en ese caso... —intervino de nuevo Alicia, cuando el silencio se hacía insoportable—, ¿te importaría pasar un tiempo en Oxenham, al menos hasta que se haya podido acomodar Larkswood?

Annabella miró a su hermana y reaccionó de pronto. Se había dejado llevar tanto por sus propias preocupaciones y sentimientos hacia Will Weston, por su respuesta apasionada al beso que él le había robado, por la humillación de ser descubiertos, que no se había parado a pensar lo difícil que debía ser aquel encuentro para su hermana. Se adelantó y con una tímida sonrisa, la besó en la mejilla.

—¡Ay, Alicia, perdóname! Me alegro muchísimo de volver a verte, y nada me complacería más que poder pasar unos días contigo, pero sólo... —y volvió a mirar a Will—, si queda claro que no pienso renunciar a Larkswood. No me importa si para hacerse con esta propiedad nuestro padre tuvo que robar, engañar o matar. ¡Es mía y no pienso renunciar a ella!

Alicia la abrazó con cierto temor. Ver su propio comportamiento tan claramente reflejado en su hermana resultaba al menos inquietante.

—¡Por supuesto! Ya hablaremos de ello después, pero ahora vámonos de aquí, antes de que la casa se nos derrumbe sobre la cabeza.

—¡Annabella!

El tono autoritario de quien había pronunciado su nombre los dejó a todos plantados donde estaban. Lady Stansfield se había erguido hasta alcanzar toda su estatura, que era bastante poca.

—Acércate, jovencita.

Annabella sintió que el corazón se le subía a la garganta. Había oído hablar de su abuela, y precisamente lo que sabía era que la buena mujer poseía una inteligencia más aguda que la punta de una aguja y que no tenía pelos en la lengua.

—¡Ejem! —se aclaró la garganta mientras la miraba fijamente—. ¡No pretendas ablandarme con esos aires de no haber roto un plato en tu vida, niña! Es ya un poco tarde para eso. ¡Además, acabo de verte y de oírte! —la sujetó por la barbilla—. Tienes mucho de tu madre, y desde luego eres una Stanfield de dentro a fuera, a juzgar por ese temperamento —se rió—. Sir William, va a tener que emplearse usted a fondo si pretende ganarse el corazón de esta joven.

—Eso parece, *madam* —contestó él.

Lady Stanfield volvió a reír.

—Y lo hará —dijo, con una sonrisa cargada de malicia—, y yo voy a disfrutar de un buen entretenimiento viéndole intentarlo.

—Abuela —intervino Alicia con severidad—, no estamos aquí para que tú te diviertas. James, voy a acompañar a Annabella para que prepare el equipaje, y mientras tú podrás hablar con Will. Annabella, será mejor que esa doncella tuya venga con nosotros...

Y acompañó a su hermana y a su abuela fuera de allí.

Dieciséis

Alicia Mullineaux estaba leyendo, pero no conseguía concentrarse.

De pronto la puerta se abrió y, al ver entrar a su marido al dormitorio, dejó a un lado el libro sin pesar alguno.

—James, necesito hablar contigo.

James se sentó al lado de ella y le tomó la mano.

Estaba preciosa con aquel camisón de encaje, pero seguro que no apreciaría que se lo dijera porque su expresión era de una preocupación tal que la hacía parecer una niña.

—¿De qué se trata, amor mío? No será que vuelves a estar preocupada por Annabella, porque está en su habitación con tu abuela, charlando por los codos, de modo que esa debe ser ya una preocupación menos para ti.

—Desde luego. Tenía mis dudas, pero se llevan de maravilla.

—¿Entonces? —preguntó, enredando en su índice un mechón de pelo de Alicia.

—Es que no puedo creer que Annabella sea feliz. Sé que ama a Will pero se niega a verle, y no admite que se le diga ni una sola palabra en su favor. Comprendo que se sienta engañada y que fue una lástima que no se decidiera a hablarle antes de Larkswood, pero...

James había reemplazado el lugar que ocupaba el mechón de pelo junto a su cuello por sus labios y Alicia se detuvo, intentando recordar lo que iba a decir.

—James...

—¿Sí, mi vida?

—Que Annabella y Will...

—Alicia, tú sabes que quiero a Will Weston como a un hermano, y quiero que tu hermana sea feliz, pero debemos dejar que sean ellos quienes diriman sus diferencias. Y en este preciso instante, los tengo tan lejos del pensamiento como si estuviesen en el mismo infierno... —concluyó, tirando de los lazos que cerraban el escote del camisón.

Annabella St Auby y Will Weston estaban también despiertos, pero por motivos bien distintos. Annabella había dejado a su abuela un momento antes, tras haberse pasado un buen rato escuchando las entretenidas historias de las experiencias de lady Stansfield en la alta sociedad. Pero estaba demasiado inquieta como para poder dormir y se paseaba de un lado al otro del precioso dormitorio amarillo que Alicia había amueblado especialmente para ella. Escogía un libro y lo abandonaba, se disponía a continuar con su bordado y suspiraba dejándolo a un lado antes incluso de haber empezado.

Cada vez que se quedaba a solas últimamente, su pensamiento iba a parar a Will Weston invariablemente. Cuando llegó a Oxenham fue a visitarla varias veces pero ella se negó a recibirle, y ahora hacía más de una semana que ni le había enviado nota alguna, ni había pasado a verla. Seguramente se lo merecía, pero su ausencia no había conseguido quitárselo de la cabeza. Alicia y James no se lo mencionaban, lo cual empezaba a parecerle bastante siniestro. ¿Estarían todos conspirando contra ella a sus espaldas? Qué tontería.

Pero tenía que reconocer que la ausencia parecía reforzar su presencia en sus pensamientos, lo cual le impedía olvidarle.

Otros jóvenes habían estado de visita en Oxenham y Alicia se los había presentado. Hasta parecía ansiosa porque encontrase al menos otro admirador en la sociedad local. Pero ella siempre les encontraba faltas: o eran demasiado jóvenes, o demasiado viejos, o demasiado gordos, o demasiado flacos, o demasiado tristones, o demasiado bullangueros. Incluso Richard Linley, vecino suyo de Lambourn, que tenía todas las gracias posibles que le recomendaran, tuvo faltas a sus ojos simplemente por no ser Will Weston. Y Alicia no dejaba de sonreír, y James era la amabilidad personificada, y lady Stansfield le tomaba el pelo por ser una veleidosa... hasta tal punto que sentía ganas de gritar de frustración porque no la entendían. Pero claro, era precisamente lo contrario, y eso formaba parte del problema en sí.

Annabella ignoraba que su persona estaba en los pensamientos del mismo hombre de cuyo recuerdo le era imposible desprenderse. Will Weston estaba sentado en su estudio, solo, con la única compañía de un vaso de whisky y sus pensamientos. Había estado haciendo girar el globo terráqueo que tenía sobre su escritorio recordando con una ligera sonrisa sus viajes a Zanzíbar, Antigua y las Islas Cocos. Nunca había deseado establecerse en tierra hasta hacía bien poco, y tampoco había conocido nunca a una mujer con la que desease casarse... tomó un sorbo de whisky aromático. Desde que se conocieron se sintió atraído por Annabella St Auby, y era una ironía que las mismas características que le habían atraído de ella fueran los rasgos que habían bloqueado su relación. De ser ella más flexible, se habría arriesgado a intentar de nuevo ofrecerle una explicación, pero le parecía imposible que no acabasen de nuevo discutiendo, de modo que iba a tener que volver a cortejarla desde el principio... sonrió. Nunca se había enfrentado a una tarea tan agradable.

—No estoy convencida de que los colores de esa bordura queden bien juntos —suspiró Alicia, contemplando la mezcla de azul y púrpura—. ¿A ti qué te parece, Annabella? Supongo que tendré que hablar de ello con Fisher, y plantear un nuevo esquema de colores para el año que viene.

Annabella dio un respingo. No había estado prestando atención a los deliciosos jardines de

Oxenham, ni a lo que su hermana había estado diciendo en los últimos cinco minutos, sino como siempre, sus pensamientos estaban con Will Weston.

Durante los perezosos días de finales del verano, había ido conociendo mejor a su hermana y había pasado largos ratos con su abuela, que no dejaba de mimar a su nueva nieta. El pequeño Thomas, su sobrino, también era una adorable distracción. James había contratado un equipo de hombres que arreglasen Larkswood y no tardaría en estar habitable. Larkswood, su herencia. Pensar en ella le trajo a la memoria el rostro de Will cuando le decía que necesitaba la casa. La tristeza y la rabia volvieron a mezclarse en su interior, y se alegró de que Alicia hubiese vuelto a hablar.

—Caroline me ha escrito diciéndome que Ermina Hurst ha vuelto a Londres —comentaba su hermana, leyendo de una carta que acababan de llevarle—. Al parecer, el vizconde Mundell está siendo asediado por otra joven, una tal señorita Hart, que ha azotado Taunton como una tormenta. ¡Pobre Hugo! No sé cómo lo soportará. Y Caro ha conocido a un antiguo admirador tuyo, un tal George Jeffries… ¡Oh! —exclamó al seguir leyendo—. Me parece que no le gusta mucho.

—A mí tampoco —corroboró Annabella.

La desagradable mención del nombre de Jeffries le trajo a la memoria la difamación que éste había hecho del buen nombre de sir William. A pesar de que creía que había fingido el afecto que decía sentir por ella, tampoco podía creer que su integridad estuviese en entredicho. Parecía un hombre demasiado honrado, demasiado íntegro... «Basta», se reprendió.

—Alicia... —comenzó con intención de preguntarle a su hermana por aquellos rumores, pero justo en aquel instante el pequeño Thomas decidió gatear hasta el parterre y llevarse un puñado de tierra a la boca. La niñera reprendió al pequeño con gritos de alarma y Alicia lo tomó en brazos para quitarle la tierra de la cara.

—Tengo un recado que hacer en Challen —dijo cuando todo se calmó—, y he pensado que a lo mejor no te importaría hacerlo por mí, Annabella. Le prometí a la señora Coverdale, la esposa del vicario, que le enviaría la ropa de Thomas que se le ha quedado pequeña ya. Pero James está a punto de llegar y quería que pasáramos un rato los tres juntos. ¿Te importaría hacerme ese favor?

No sólo no le importaría, sino que le apetecía salir. El ritmo apacible de la vida en Oxenham la aburría a veces, aunque sólo porque no era feliz.

El único problema era que Will Weston estaba en Challen Court, y se decía que no quería verle... aunque también sabía que se engañaba.

El landó de Alicia era muy bonito y Annabella controlaba bien al par de caballos que tiraban del carruaje. La semana anterior había conocido a la señora Coverdale y pasó una agradable media hora admirando a su recién nacido. Volvió a casa por la calle principal del pueblo. Parecía haber niños por todas partes, llorando en brazos de su madre o jugando junto al camino. Una extraña sensación, parte envidia, parte añoranza, se despertó en su interior, un pensamiento todavía menos provechoso que su remembranza de sir William Weston...

No le había visto, pero al salir del pueblo, un poco más allá del primer cruce de camino, vio al coche de punto que dejaba a sus pasajeros en el cruce de la carretera de Oxford. Detuvo el coche y esperó a que saliera y se disipara la nube de polvo; le llamaron la atención dos de los pasajeros que se habían bajado, una joven poco más o menos de su misma edad en avanzado estado de gestación. Un maltrecho baúl sin duda demasiado pesado como para que pudiera llevarlo, estaba ante ella, y una niña de unos tres años se agarraba a su mano. «Más niños», pensó exasperada al tiempo que ponía el landó en marcha.

—¡Perdone, señora! —la llamó la joven—. ¿Podría indicarme dónde queda Challen Court, por favor?

Annabella detuvo el coche. La joven estaba muy pálida y el velo de sudor que cubría sus facciones sugería más malestar físico que ser el producto del calor de la tarde. Llevaba un vestido fino que se le había pegado al cuerpo, y una mueca repentina de dolor desdibujó su expresión; sin querer apretó la mano del niño, que rompió a llorar. Annabella bajó del coche y la sujetó por un brazo al ver que se tambaleaba.

—Challen Court está siguiendo esta carretera, pero queda casi a dos kilómetros de aquí. Y en su estado, no puede caminar esa distancia.

—Se me pasará enseguida —dijo, apenas sin voz—. Es que el traqueteo del coche...

Pero no podía seguir hablando y tuvo que apoyarse en la rueda del landó para no perder el equilibrio. Cerró un instante los ojos.

—¡Tenemos que llevarla enseguida a la casa! —decidió Annabella—. ¿Podrá soportar esa distancia en el coche? Me temo que es el único modo de...

La muchacha intentó sonreír.

—Es usted muy amable, señora, pero todavía falta un tiempo para...

La voz se le quebró y volvió a cerrar los ojos. Tenía una voz muy dulce, pensó Annabella, con un acento poco corriente... quizás fuese una sirvienta de Cornwall, porque su entonación era parecida a la de Susan. ¿Qué iría a hacer en Challenge Court?

La ayudó a subir al coche no sin dificultad y luego recogió a la niña y la sentó junto a su madre; la pequeña se volvió a mirarla con el descaro de los niños. Era preciosa, con los ojos azules más intensos que había visto nunca. Unos ojos inconfundibles... los ojos de Will Weston.

—Sé que Will podrá ayudarme —dijo la joven en aquel preciso instante—. Me ha escrito para pedirme que venga...

Un sudor frío le bañó la espalda e involuntariamente dio un paso atrás. La joven no se dio cuenta de nada, pero la niña seguía observándola con los mismos ojos de Will. «Ahora no», se dijo. «Ya pensarás en eso más tarde».

En cuestión de minutos llegaron a Challen Court, lo cual fue una suerte porque la joven estaba aún más pálida y llevaba los ojos cerrados mientras los espasmos de dolor le sacudían el cuerpo. Annabella entró directamente a las caballerizas. Varios mozos salieron apresuradamente al oír el coche, y uno de ellos, el más avispado, entró corriendo en la casa a pedir ayuda.

Varios sirvientes salieron enseguida y Annabella sintió cierto alivio al ver la figura inconfundible de un ama de llaves. No había tiempo que perder.

—¡Ayúdenos, por favor! ¡Me he encontrado a esta joven en el cruce, y creo que se está poniendo de parto!

El ama de llaves miró a la embarazada.

—John, Harry, bajadla con cuidado. Beatrice, entra y pon agua a calentar. ¿Alguien ha ido ya a buscar al amo? ¿Qué...

En la confusión, nadie se había dado cuenta de la llegada de sir William Weston hasta que la muchacha, de pie en el jardín sostenida por los dos criados, alzó la mirada y sonrió.

—¡Will! Oh, Will, cuánto me alegro de verte...

Y rompió a llorar.

Annabella sintió ganas de hacer lo mismo. Aquel encuentro después de la sorpresa que había sido encontrarse a una mujer en aquel estado, fue casi demasiado para ella. Will tomó a la chica en brazos con sorprendente facilidad y ella apoyó la cabeza en su pecho. El ama de llaves tomó la mano de la pequeña y los siguió. Una punzada de puros celos le laceró el costado de parte a parte.

—No hables, Amy. Ya estás a salvo.

Annabella vio que la muchacha se aferraba al

cuello de Will y cerraba los ojos, y con la garganta llena de lágrimas, iba a subir al landó cuando oyó decir a Will:

—Jem, desengancha los caballos de la señora St Auby; Barringer, acompáñala al salón verde, por favor. Enseguida estaré con usted, *madam*.

Sus miradas se encontraron. Annabella iba a decir que se marchaba, pero no pudo. Algo en su mirada le hizo guardar silencio y seguir al grupo al interior de la casa. Will subió a la joven escaleras arriba y el mayordomo la pidió amablemente que la acompañara al salón.

—Y bien, Annabella: ¿qué nuevas calumnias has imaginado sobre mí en estos últimos minutos?

Annabella no le había oído entrar. Estaba examinando un retrato que colgaba de la pared, seguramente del infortunado sir Charles Weston, que tenía los mismos impresionantes ojos azules que el resto de los miembros de la familia.

—¿Está bien la joven? —le preguntó sin darse cuenta de que él le había hecho antes una pregunta—. Perdón, ¿qué me decías?

—Amy... la mujer de mi hermano, está bien, sí. La señora Jenner está con ella, y tiene experiencia en esos trances. Me ha dicho que no es necesario llamar a la comadrona. Que no tardaré en tener en los brazos a mi nuevo sobrino, o sobrina.

Annabella se sentó.

—¡Tu cuñada!

Will sonrió, pero sus ojos seguían fríos. Estaba enfadado. Era una furia contenida y fría, pero impresionaba. Ni siquiera en la ocasión en que le atacó ferozmente en Larkswood había visto semejante ira palpitar en su mirada.

—¡Eres tan fácil de interpreptar, mi querida Annabella! Ya en el jardín me he dado cuenta de que habías deducido por los ojos azules de Charlotte y por el estado de Amy algo completamente opuesto a la realidad.

Annabella enrojeció.

—Yo no... no sabía que...

Will sonrió con ironía, y ella se levantó.

—Tengo que irme...

—De eso nada —espetó. Estaba de espaldas a la puerta y parecía no tener intención de dejarla salir—. Esta vez, me vas a hacer el favor de escucharme.

—Pero... ¡me esperan en casa de mi hermana! Esta noche tenemos invitados y tengo que pasar por una granja para recoger unas hortalizas de camino a casa...

—Ya he enviado un mensaje a Oxenham para

decirle a tu hermana que no se preocupe, que no pasa nada. Encontrarán otro modo de atender debidamente a sus invitados.

Annabella se sentó por segunda vez.

—Pero es que...

—Quiero hablarte de Larkswood —le interrumpió, guardándose las manos en los bolsillos. Luego se acercó a la chimenea sobre la que colgaba el retrato de sir Charles y puso un pie en la embocadura—. Pero antes he de hablarte de Amy para que no haya ningún malentendido.

Annabella volvió a ponerse como la grana. De modo que la consideraba una cotilla con capacidad de dañar la reputación de su cuñada... que pudiera tener una opinión tan baja de ella le dolió, pero la verdad era que había hecho bien poco para que pudiera tenerla mejor. Lamentaba haberse dejado arrastrar por el orgullo y el desdén, y haberse negado a escucharle. Tanta arrogancia no hablaba bien de ella. No era de extrañar que, sumando todo eso a su reacción ante Amy, estuviera enfadado.

—Recordarás que estando en Mundell te hablé de que mi hermano se había casado con una chica norteamericana y que había vivido en el extranjero hasta que por desgracia murió el año pasado. Se lo llevaron las fiebres... fue una tragedia. Desde la muerte del padre de Amy, Peter se había ocupado de las plantaciones de la familia, pero cuando enfermó y murió, era obvio que ella no podía quedarse allí sola. No es una mujer demasiado fuerte, y además estaba embarazada. Me escribió para decirme que había decidido vender sus propiedades allí y que iba a establecerse en Inglaterra. Yo le aconsejé que esperase al nacimiento de su hijo, porque temía que un viaje tan largo pudiera ser demasiado para ella, pero no recibí respuesta a mi carta —suspiró—. La carta en la que me decía que salía para Inglaterra debió perderse en el correo y a estas alturas debe estar en el fondo del mar, de modo que no sabía de su llegada. Y ahora, Dios mediante, espero que el niño nazca sin dificultad.

Llamaron a la puerta y Barringer entró con una bandeja de té.

—La señora Jenner me ha pedido que le diga que todo va bien, señor, pero que aún tardará un tiempo. ¿Dejo aquí la bandeja, señor?

A Will parecía importarle un comino dónde la dejara y fue Annabella quien hizo un gesto para indicarle al mayordomo que la dejara delante de ella.

—Sólo Barringer podría servir un té en un momento como éste —murmuró Will, exasperado.

Annabella sirvió una taza.

—Es lo que se hace por los padres mientras esperan el nacimiento de un hijo, a menos que estén cazando. Supongo que tu mayordomo habrá pensado que el mismo tratamiento debe dispensarse a los tíos mientras esperan.

Él le contestó con una sombra de sonrisa, tomó la taza y se sentó.

—Debes estar muy preocupado —continuó ella—. ¿No crees que lo que sea que tengas que decirme puede esperar hasta más tarde? Larkswood carece de importancia comparado con...

Otra vez su impenetrable mirada azul la traspasó y Annabella movió el té con la cucharilla aunque aún no se había echado azúcar.

—Me sorprende oírte hablar así, pero prefiero aclararlo todo cuanto antes.

—Como desees.

Will movió también su té sin dejar de mirarla.

—Quiero que sepas que he renunciado a cualquier derecho que pudiera tener sobre Larkswood.

Annabella estuvo a punto de dejar caer su taza, y si Will se dio cuenta, no lo demostró.

—Mi hermano y yo crecimos allí y en esa casa están los mejores recuerdos de mi infancia. Nos trasladamos a esta casa cuando la heredó mi padre, pero yo siempre he preferido Larkswood, por modesta que pueda ser —su mirada se detuvo un instante en el caballero del retrato—. Yo estaba embarcado cuando mi padre se la jugó. Me escribió diciéndome que no había conseguido encontrar a nadie que quisiera alquilarla por lo aislada que está, y que había preferido venderla. A mí me sorprendió, pero no sospeché nada —dejó la taza—. Tras su muerte, tampoco me imaginé que hubiera nada siniestro en su venta. Y luego Peter me contó lo que había ocurrido.

Volvió a mirar a Annabella y ella casi se encogió.

—Al parecer, mi padre apostó la casa de un modo descabellado contra Bertram Broseley. Luego lamentó haberla perdido e intentó comprársela en varias ocasiones, pero Broseley no accedió. Mi padre se sentía demasiado avergonzado como para contárselo a alguien, pero en su lecho de muerte se lo confesó a Peter. Y su abogado me lo confirmó.

—Y querías recuperarla —musitó ella.

—Me parecía lo más justo. Estaba dispuesto a pagar la deuda de juego y a añadir una considerable suma por los intereses. Había tenido suerte con mis capturas en el mar, mucha suerte, y además un primo lejano murió dejándome una considerable fortuna. Una propiedad semejante, que puede producir buenos beneficios una vez se haya restaurado y reorganizado, no iba a suponer una carga. Mi padre había pasado un tiempo enfermo y sus ingresos habían bajado, pero no me costó mucho reflotarlo todo. Así que, de no haber sido por el fallo o el orgullo de mi padre, la casa no tendría por qué haberse vendido.

No era el momento más adecuado para recordar las palabras de George Jeffries, pero por alguna razón se le vinieron a la memoria y no había modo de deshacerse de ellas.

«He oído decir que se hizo corsario cuando estuvo en las Indias... ¿cómo crees que ganó su fortuna?»

Así que el rumor era infundado... el dinero de sir William provenía de sus ingresos como capitán de la marina y de su herencia. Y respecto al cargo de cobardía...

—¿Qué pasa, Annabella? ¡Parece que hubieras visto un fantasma!

—No es nada... no me sorprende lo que me cuentas de mi padre. Siempre estaba dispuesto a aceptar un trato y prefería las propiedades al dinero.

Sir William se encogió de hombros.

—Naturalmente, el trato fue legal, aunque carente de ética. Cuando volví de la guerra, Novell, mi apoderado, me dijo que Broseley había muerto hacía poco y que se había descubierto que sus deudas eran mayores de lo que cabía esperar. Me pareció una buena oportunidad de recuperar Larkswood. Pero Buckle, tu abogado, no quiso negociar, de modo que me vi obligado a, digamos, amenazarle con emprender acciones legales. Además, pensé que Larkswood sería ideal para Amy y Charlotte. Luego te conocí, y me vi obligado a reconsiderar mi postura sobre la casa, pero como esperaba que tú y yo... de todos modos, quiero que sepas que he renunciado a reclamar Larkswood. Me dijiste, y no te falta razón, que sin esa casa no tienes nada, y no deseo arrebatártela.

—¿Por qué no me hablaste antes de todo esto? ¿Antes de...

No pudo seguir. Tenía la garganta cegada por las lágrimas. Will estaba en lo cierto: con su comportamiento había perdido la oportunidad de tener un futuro distinto. Dejó la taza y se levantó.

—Perdóname. Me he comportado como una idiota. Ahora tengo que irme...

—Espera.

Will se levantó también y se acercó a ella.

—No. De verdad, tengo que... he de irme... me esperan para cenar... me alegro mucho de comprender por qué querías la casa... —tragó saliva—, y todavía más de saber que los rumores que había oído sobre tu fortuna son infundados.

Hubo un momento de completo silencio.

—¿Y qué rumores son esos? —preguntó él.

Annabella estaba ya junto a la puerta cuando él le sujetó el brazo.

Había cometido un error pero, preocupada como estaba por escapar a los efectos inquietantes de su presencia, a la intensidad de sus propias emociones, había hablado sin pensar.

—Supongo —dijo Will, con el mismo tono duro y frío que al principio de su conversación—, que no debería sorprenderme que prestaras oídos a los rumores sin fundamento que puedan circular sobre mí. Al fin y al cabo, siempre has interpretados todos mis actos a la peor luz posible.

—¡Eso es injusto! —replicó herida y, de un tirón, se soltó de su mano—. ¡No he creído ni una palabra! Pero no podía preguntarte…

—¿Por qué no?

—Porque ya te habías marchado.

—Ah, claro, se me olvidaba que para entonces, ya habías dado por sentado que pretendía engañarte para hacerme con Larkswood. ¿Es ése el rumor que has oído, o se trata de otra cosa? Me imagino lo que debías pensar de mí, cuando mi intención era…

—¡Es despreciable que tergiverses de ese modo mis palabras! —gritó—. Admito que la señorita Hurst sembró ciertas dudas cuando me dijo que tenías otros intereses al relacionarte conmigo. Por eso te pregunté aquella noche, en la casita del lago... ¡Pero me aseguraste que no era así, y yo te creí!

—Entonces, ¿qué más te habían dicho? ¡No tenía ni idea de que Taunton fuera semejante caldo de especulaciones!

Annabella se retorcía las manos. Se estaba metiendo en un terrible cenagal.

—Qué absurdo es todo esto. Yo no pretendía...

—¿Quieres decirme a qué te refieres exactamente, por favor?

—¡Está bien! —contestó en tono desafiante—. Un buen amigo me puso en guardia contra ti. Dice que no eres de confianza. Que hiciste tu fortuna conspirando con piratas y que en la guerra olvidaste tu deber hasta el punto de abandonar a tus compañeros para salvarte tú.

Días después se consideró afortunada porque Will no la hubiese abofeteado. Se había dejado arrastrar por el dolor y la tristeza y había dicho palabras muy duras, más de lo que pretendía, pero eso no era excusa. Él la miró con fuego en los ojos y le dio la espalda durante un momento que a ella le pareció una eternidad. Luego ella se acercó a él y tocó su brazo, pero Will se apartó como si estuviese contaminada.

—Historias como ésa son tan viles que no hay ni siquiera que rebatirlas —dijo por fin—. Y que tú las creas...

—¡Si yo no me lo he creído!

Annabella estaba verdaderamente asustada. Siempre le había considerado un hombre tranquilo, capaz de soportarlo todo sin alterarse. ¡Qué equivocada estaba! Pero claro, había puesto en entredicho su honor y su integridad, y eso no iba a perdonárselo...

—Todo esto es tan absurdo... ¡Ya te he dicho que yo nunca he pensado mal de ti! Los rumores no son más que malicia y celos, nada más. ¡Tienes que creerme!

Will se encogió de hombros.

—Si tú lo dices... supongo que ya no importa —se volvió y aquellos ojos azules le helaron la sangre—. No quiero entretenerla más, señora St Auby. Preséntele mis respetos a su hermana y a James Mullineaux.

Abrió la puerta y esperó a que ella pasara con esa fría cortesía que resultaba más amedrentadora que la rabia. Annabella no sabía cómo llegar a él, cómo hacer desaparecer a aquel extraño frío y hostil que la miraba con aquel desdén.

—Will...

—Buenas noches, señora St Auby.

Diecisiete

El viaje de vuelta a Oxenham fue una pesadilla porque no podía ver adónde se dirigía. Las lágrimas le arrasaban los ojos borrándole la visión. Afortunadamente los caballos conocían el camino de vuelta a casa porque ella no era capaz de darles las órdenes pertinentes. Los abandonó en el jardín de los establos sin ocultarse al criado que impávido sujetó las riendas, y entró corriendo al vestíbulo. Alicia salía a ver qué pasaba y Annabella le llenó de lágrimas su precioso vestido de seda.

—¡Ha sido horrible, Alicia! Ese hombre me desprecia... pensé que su cuñada era su amante y la pobre acaba de dar a luz, y él quería casarse conmigo y no quería reclamar Larkswood, pero ojalá lo hiciera…

Alicia soportó aquella maraña de palabras sin sentido antes de conducir a su hermana a la biblioteca para apartarla de las miradas curiosas de sus invitados. No hizo preguntas, sino que esperó a que los sollozos de su hermana cesaran.

—¡Me encontré a esa pobre mujer al borde del camino desesperada y sufriendo horriblemente, y lo único que fui capaz de hacer fue dejarme llevar por los celos! Y luego, cuando él apareció en el jardín y la sonrió con tanta ternura, tuve ganas de arrancarle los ojos. ¡Ay, Alicia, sé que debería sentirme avergonzada pero no puedo porque le quiero, y me duele tanto…

Y el llanto volvió a sacudirla de pies a cabeza.

Alicia, olvidándose ya de la deliciosa cena que la esperaba en el plato, siguió abrazando a su hermana.

—El amor puede ser algo muy complicado. Si nunca te habías sentido así antes…

—No, nunca —gimió—. No sentía nada por Francis, y fui una estúpida creyendo que así me libraba de nuestro padre. ¡Qué poco tiempo me costó darme cuenta del error! Y luego, cuando conocí a sir William, creí que tenía otra oportunidad, pero acabo de echarla a perder.

—Vamos, vamos, no puede ser tan malo

—¡Es aún peor!
—No puede ser.
Annabella la miró a los ojos.
—¡Le he acusado de ser un traidor!
Alicia se sorprendió.
—Empieza por el principio y cuéntamelo todo, porque no entiendo ni una palabra.
Annabella se limpió la nariz, respiró hondo y le relató la historia.
Alicia frunció el ceño.
—¿De verdad circulan rumores en los que se dice que Will ha hecho fortuna como corsario? ¡Yo no he oído tal cosa!
—Sí, pero lo que yo le dije es aún peor. Le he acusado de piratería y de cobardía en el campo de batalla.
Alicia no podía dar crédito.
—¡Pero Annabella! ¿No le habrás…
—Sé que ha sido una locura —admitió, apartando la mirada de su hermana—. No es necesario que me reprendas, porque yo misma no podré perdonármelo nunca.
—¿Cobardía en el campo de batalla? —repitió Alicia—. ¿Mencionaron algún hecho en concreto?
Annabella se encogió de hombros.
—¡No lo sé! Era algo relacionado con el lago Champlain hace unos años… en el catorce, creo que dijo.

—¿Quién lo dijo?

—El capitán Jeffries...

Y volvió a echarse a llorar.

—¡Qué hombre tan odioso! ¡Yo jamás he oído tal cosa! Y todos sabemos que Will Weston es un hombre con un honor intachable, aunque ya sabes lo dañinos que pueden ser los rumores. Podría.

—¡No sigas, por favor! ¡Ya sé lo mal que lo he hecho! No me he creído ni una sola de esas patrañas, pero Will cree que sí, y nunca volverá a dirigirme la palabra.

Seguramente estaba en lo cierto, se dijo Alicia, y era demasiado sincera para intentar engañar a su hermana con falsas promesas. Tendría que preguntarle a James si había oído semejante rumor.

—Será mejor que te vayas a la cama, Annabella —le dijo a su hermana, acompañándola hasta la puerta—. Todo se verá mejor mañana por la mañana. Fordyce, súbale una bandeja a la señora St Auby a su habitación, si es tan amable. Yo he de reunirme con mis invitados.

Pero los mejores esfuerzos del cocinero fueron malgastados en Annabella, porque todo cuanto se llevaba a la boca se le convertía en ascuas y cenizas.

Annabella no se sintió mejor al día siguiente, ni al otro. Sus días en Oxenham habían caído en la rutina: montar a primera hora de la mañana, salir con Alicia a hacer visitas, recibir a vecinos y amigos, paseos, charlas con su abuela, juegos con Thomas y ayudar a su hermana a recibir a los invitados por las noches. Era una existencia bastante placentera. Alicia había hecho que su propia modista confeccionara todo un guardarropa para su hermana, de modo que tenía satisfechas todas sus necesidades materiales y contaba con el afecto de su familia.

Comparada con su vida en casa de los St Auby, aquello era el paraíso, pero no conseguía disfrutar de él. James y Alicia nunca la trataban como la pariente pobre que era y lady Stansfield le había dicho que pensaba incluirla en su testamento, pero aun así anhelaba Larkswood, deseaba que estuviera terminado cuanto antes para poder volver al lugar que era suyo.

Cinco semanas más tarde, Amy Weston fue presentada en la sociedad local. Había dado a luz a un varón al que habían impuesto el nombre de Peter en recuerdo de su padre, y ambos estaban bien. Alicia había acudido a Challen Court a darles la enhorabuena, pero Annabella no se había sentido capaz de volver allí. No podría soportar volver a ver a sir William. En el pasado había sido infeliz, pero aquel último encuentro con él era imposible de olvidar. En un par de ocasiones pensó en pedirle a James que intercediera ante Will por ella, pero no podía soportar la idea de que pudiera rechazar sus disculpas.

Cuando Alicia anunció que iba a dar una cena en honor de la señora Weston, Annabella estuvo a punto de pretextar un dolor de cabeza para no asistir, pero sabía que tarde o temprano tendría que ver a Will. Alicia colocó a William a cierta distancia de ella, pero él ni siquiera la miró en toda la velada.

Amy Weston le agradeció de todo corazón su ayuda aquel día en Challen, pero cuando los caballeros se reunieron con las damas después de la cena, Will se mantuvo alejado de ella. Le pidieron que cantara, pero la ocasión le recordaba demasiado a aquella otra en la mansión Mundell, y la voz le falló tristemente en muchas de las notas. El aplauso que recibió fue por pura cortesía. La noche fue muy triste para ella y se retiró pronto.

La segunda ocasión en que se encontraron no fue tan difícil. Unos amigos comunes, los Linley, celebraron una fiesta, y aunque Will no la invitó a bailar, al menos fue amable con ella y le dirigió algunas palabras.

Cuando el verano dio paso al otoño, Annabella y Will ya se habían encontrado en bastantes ocasiones. En cierto modo las cosas eran más fáciles. Aunque no habían vuelto a bailar juntos, al menos podían conversar plácidamente sobre cuestiones superficiales. En una ocasión intentó disculparse por aquel malentendido, pero él abortó el intento dirigiéndole una mirada glacial. No volvió a intentarlo. Para ella era un tormento verle, particularmente si se hallaba en compañía de alguna dama, y la envidia se convirtió en uno de sus más recalcitrantes pecados.

La mañana que siguió a una de aquellas fiestas en las que Will había prestado tanta atención a una tal señorita Watts que la gente había empezado a reparar en ellos, Annabella se levantó temprano, decidida a despejarse con un paseo a caballo. El día había amanecido brillante, con un viento suave y la promesa del calor del verano cuando el sol alcanzase su cenit. Fue una sorpresa para ella descubrir que su espíritu se aliviaba. El aire fresco le sonrojó las mejillas y le alborotó el pelo. Dejándose llevar por aquel nuevo estado de ánimo, permitió que su caballo alcanzara una velocidad quizás un poco excesiva, galopando por los campos abiertos y dejando atrás al mozo que la acompañaba.

Cuando miró hacia atrás, vio que otro jinete se había acercado al mozo de cuadra y tras intercambiar unas palabras, se dirigía hacia ella. Era imposible distinguir de quién se trataba a aquella distancia, pero tuvo la inquietante convicción de que era sir William Weston, que galopaba velozmente hacia ella. Deliberadamente espoleó a su animal y saltó sobre los arbustos que delimitaban el paso a la siguiente finca. Su caballo rozó con las pezuñas los arbustos y a punto estuvieron ambos de perder el equilibrio, pero Annabella consiguió no caer y siguió galopando como si la persiguiese el mismo diablo. Los cascos del otro animal sonaban peligrosamente cerca y tiró de las riendas.

—¡Un momento, señora St Auby! —dijo sir William.

Ella hizo darse la vuelta a su animal.

—¿Sí?

—Esta tierra es mía y...

—Prefiere que no entre —concluyó ella—. Le ruego me disculpe, señor. Saldré inmediatamente.

Sir William no se esforzó por ocultar su exasperación.

—Iba a decirle que hay un badén muy traicionero un poco más adelante, y me preocupaba que pudiera encontrarse con él de golpe —se pasó una mano por el pelo alborotado—. ¿Por qué tiene que ser tan...

Pero no terminó la frase, y Annabella enrojeció.

—Le ruego mil disculpas, señor. Creía que iba a reprenderme.

—¿Por montar de esa manera? ¡Bien podría hacerlo! —se rió—. Podría haberse partido el cuello en el salto de antes, pero monta usted magníficamente.

Y se pusieron en marcha a un paso mucho más tranquilo. Annabella se llevó una buena sorpresa. Jamás hubiera pensado que fuese a ofrecerle su compañía.

—¿De qué intentaba usted escapar? —le preguntó él, mirándola a los ojos—. Tanta velocidad no puede significar otra cosa.

Condenado hombre... De ningún modo podía decirle que pretendía escapar durante un rato de Oxenham, porque parecería una desagradecida, teniendo en cuenta cómo la habían recibido en casa de su hermana. Y en cuanto a la necesidad de deshacerse de los pensamientos que la acosaban sobre él... bueno, eso era imposible.

—¡Cuánta reticencia, señora St Auby! —se burló con una sonrisa—. ¡No la esperaba de usted!

—Me lo imagino, ya que no deja usted de provocarme —espetó—. Hablemos mejor de otros asuntos, o acabaremos discutiendo. ¿Cómo lo pasó anoche su hermana? ¿Disfrutó de la velada?

—Creo que sí —contestó él—. Esta mañana no la he visto, pero en el camino de vuelta a casa no dejó de hablarme de la amabilidad de su hermana, de lo afectuosa que es y de lo agradable de su compañía. Creo que le complacería mucho que fuera usted a visitarla a Challen Court, señora St Auby. Aunque Amy tiene la compañía de los niños, me temo que a veces se siente muy sola.

—Imagino que ha debido ser horrible para ella perder a su marido, viajar sola a un país extraño y encontrarse entre desconocidos. Estaré encantada de ir a visitarla... si a usted no le importa, claro.

—¿A mí? En absoluto.

Annabella empezaba a sentirse cada vez peor. Prefería su desdén a su indiferencia.

—Claro que si está pensando usted en casarse con sir Dunstan, puede que disponga de muy poco tiempo —sugirió él en el mismo tono indiferente.

—¿Casarme con sir Dunstan? —repitió ella. Sir Dunstan era un vecino que solía acudir a las reuniones sociales de su hermana y que siempre intentaba monopolizarla.

—Sir Dunstan Groat —aclaró él—. Es un hombre muy rico, y aunque ya ha enterrado a dos esposas, puede que usted lo considere el vehículo adecuado para salir de sus estrecheces.

—¿Estrecheces? —coreó, indignada—. ¡Creo que no le comprendo, señor!

—Usted misma lo dijo... que no podía vivir para siempre a expensas de su hermana.

—¿Y eso qué le importa a usted, señor? —replicó, furiosa—. Puede que le interese saber que he heredado de mi padre un pequeño negocio, y que pretendo hacerme cargo de él.

—¿La biblioteca ambulante?

Se le veía tan frío, tan distante, tan elegante con su severo modo de vestir que Annabella sintió ganas de abofetearle. ¡Qué hombre más irritante!

—Una confitería. Y Alicia me ha prometido que va a invertir en el negocio.

—Ah —sonrió—. Sus conocimientos en caña de azúcar le serán útiles, imagino. ¡Qué providencial! ¡Y qué imaginación tiene usted!

Annabella apretó los dientes.

—Claro que, ahora que caigo, se dice que va a heredar usted la fortuna de su abuela, y eso puede cambiar considerablemente sus planes. Pero sir Dunstan no necesita casarse por dinero, aunque siempre ha querido hacerse con las tierras de Larkswood para añadirlas a las suyas propias. Puede que tenga sus miras puestas en su legado y por eso la está cumplimentando de ese modo.

—No creía que hubiera usted reparado en ello —comentó con dulzura.

—Ahí me ha pillado, señora. Lo he notado perfectamente.

Hubo un breve silencio en el que ambos se miraron a los ojos. Después sir William levantó la fusta a modo de saludo y, clavando los talones en los flancos de su caballo, se alejó campo a través sin mirar atrás.

Larkswood estuvo por fin listo para ser habitado.

—¡Qué tontería! —dijo lady Stanfield cuando se enteró de que Annabella pretendía mudarse de inmediato—. ¡Deberías quedarte aquí hasta que te cases, señorita! ¡En mis tiempos ninguna joven se habría ido a vivir donde le diera la gana! ¡Es una barbaridad! —concluyó, sentándose en su sillón y mirando muy seria a su nieta.

—Te olvidas, abuela, de que yo soy viuda, y no una joven debutante —contestó Annabella con indulgencia—. Si Alicia pudo hacerlo antes de casarse con James, no veo por qué yo no.

—¡Ésta sí que es buena! Tu hermana era un caso también, siempre creyendo que sabía más que los demás. ¡Y menuda la lió!

—Vamos, abuela, que eso no es justo —contestó Alicia, intentando no reírse—. Además, Annabella tendrá un mayordomo y un jardinero para ayudarla a mantener Larkswood en orden, además de varias doncellas. Y estará muy cerca de nosotras. ¡Es perfecto!

—¡No saldrá bien, niña! No te olvides de lo que te digo. En mis tiempos, las jóvenes no...

Ambas hermanas suspiraron. Sabían que les aguardaba un buen chaparrón sobre las carencias de su generación. Además, las dos sabían que lady Stanfield había sido bastante liberal en su juventud, en aquellos días en los que la sociedad del siglo dieciocho era mucho menos disciplinada que la presente.

—Abuela, cuéntame otra vez lo de aquel día que te disfrazaste de muchacho para ir sola a las carreras —le pidió Alicia.

—¡Cuidado, jovencita! —la reprendió lady Stansfield frunciendo el ceño—. ¡Que te veo venir! Y pensar que mis propias nietas puedan ser tan desobedientes...

—Unas nietas a tu imagen y semejanza, abuela —intervino Annabella, inclinándose sobre Thomas para hacerle cosquillas en la tripita.

—Está bien —accedió a regañadientes—. Si te llevas contigo a Emmeline Frensham, tendrás una imagen algo más respetable. Aunque después de lo de Bathampton, Emmeline ya no es la mujer que era antes.

—No —contestó Alicia apesadumbrada—. No

se ha recuperado desde que quedó abandonada en aquella pensión cuando me secuestraron. Pero es perfecta para Annabella, y esta encantada con la idea de cambiar de aires, porque ha vivido bastante retirada desde que yo me casé.

—Deberías haber aceptado a Will Weston cuando te lo pidió —dijo de pronto lady Stansfield, con su habitual falta de tacto—. ¡Ése sí que es hombre para ti! ¡Habría sabido cómo meterte en cintura!

—Abuela... —empezó Alicia, pero Annabella intervino diciendo:

—Sir William nunca ha llegado a pedirme que me case con él, abuela.

—¿Y por qué? Si hubieras jugado bien tus cartas, niña, lo habría hecho. ¡Jóvenes! Siempre andándose por las ramas. Lo mejor que podrías hacer es echarte un amante como William Weston...

—¡Abuela! —exclamó Annabella.

—¡No empieces otra vez, abuela! —dijo Alicia al mismo tiempo—. Recuerdo que me ofreciste el mismo consejo con James...

—¡Está bien! —cortó lady Stansfield—. Pero no te olvides de lo que voy a decirte: nada bueno podrá salir de esta idea tuya de vivir sola, Annabella. ¡Nada bueno!

Dieciocho

James Mullineaux y Will Weston, tras pasar la tarde evaluando un caballo que al final James había decidido no comprar, estaban sentados en la biblioteca de Challen Court disfrutando de un excelente coñac.

Amy había entrado con Charlotte y Peter para desearles buenas noches.

—¿Andas pensando en poner tu propio jardín de infancia, Will? —bromeó James, después de ver cómo Charlotte se encaramaba a las piernas de su tío para darle un beso en la mejilla.

—Podría ser. Pero tú estarás entre los primeros

en saberlo, James. Has trabajado mucho en Larkswood —añadió.

James sonrió, consciente de lo que preocupaba a su amigo.

—Ya me lo devolverás algún día, cuando tomes posesión de la casa.

—Entonces, vas a tardar un tiempo en recuperar tu dinero —contestó—. Tu cuñada me ha dejado bien claro que no tiene intención de vendérmelo, y dudo que sucumba a otro tipo de persuasión, ya que no confía en mí.

—Mira quién fue a hablar. Annabella está convencida de que la detestas.

Will cambió de postura en su sillón.

—Tú precisamente deberías saber que una mujer puede no gustarte y al mismo tiempo encontrarla tremendamente atractiva.

—¡Vaya por Dios! Así que ésa es la razón de que hayas estado evitándola, ¿eh? ¡Y yo que creía que no podías soportar su presencia!

Will sonrió.

—No intentes engañarme, James, que sabes de sobra lo mucho que me gusta.

—Entonces, ¿por qué esforzarse de ese modo en evitarla? Creo que estás siendo un poco injusto con ella, Will. Es muy infeliz, ¿lo sabías? —añadió, mirándole a los ojos—. Convendrás conmigo en que la culpa fue de ambos en aquel primer enfrentamiento, y en cuanto a lo de esos absurdos rumores... Annabella no se los creyó, te lo aseguro.

Will se encogió de hombros.

—Puede. No lo sé... Yo creía que todas esas historias se habían apagado ya, caramba, pero los rumores son tan difíciles de contener como el aire, y resultan tan dañinos como una espina clavaba en la espalda. Cuando Annabella me lo contó, me puse tan furioso de oírlos de labios suyos que puede que mi reacción fuese desmedida. De habérmelos referido otra persona, no me habría importado tanto, pero de ella... —apartó la mirada—. Esperaba contra toda esperanza que hubiese una posibilidad para mí, pero con la complicación añadida de la llegada de Amy, la discusión y su negativa a verme... ¡esa mujer tiene un orgullo de mil demonios!

—Alicia me dijo una vez que aceptaría mi mano cuando las ranas criasen pelo —contestó James riendo—. ¡Es el temperamento de los Stansfield! Pero tú no eres precisamente blando, Will. ¿Por qué no te arriesgas, si aún sigues deseando hacerlo?

Silencio.

—Annabella parece haber curado la herida que había entre su hermana, lady Stansfield y ella —dijo Will, dándole otro giro la conversación—. Estarás encantado por Alicia.

James asintió.

—Alicia está encantada, la abuela se deshace con su nieta y he de admitir que a mí también me gusta mi cuñada. No esperaba que fuese así, pero ha demostrado ser completamente distinta a lo que nos esperábamos. Es orgullosa al punto de resultar obstinada a veces, y sé qué se siente al ser el destinatario de ese orgullo, te lo aseguro. Pero las mujeres blandas como la leche aguada no son del gusto de algunos hombres…

Will sonrió y volvió a llenar de coñac sus copas.

—Hay algunos que preferimos belleza y genio, es verdad. En fin… que sólo queda que me desees suerte, James, porque me has convencido de volver a intentarlo.

La luna nueva brillaba como un diamante en el negro de la noche cuando Annabella se metió en la cama aquella velada en Larkswood.

Había descubierto enseguida que vivir en el campo sola no tenía nada que ver con vivir como miembro de una familia en una gran casa de campo, donde nunca faltaba ni la compañía ni los entretenimientos. Aunque seguía teniendo visitas y disponía de un coche con su caballo para que la llevara a la civilización, cuando el atardecer caía sobre las colinas, quedaba completamente sola. La señorita Fresan, con su interminable trabajo de aguja, nunca carecía de ocupación, y ella había recuperado el gusto por la lectura con fervor renovado y empezaba a encontrar placer en la jardinería. Tenía pocos amigos con los que mantener correspondencia, e iba a tener que encontrar nuevos recursos para combatir la soledad de su vida en Larkswood. Seguía teniendo en la cabeza la idea de iniciarse en los negocios, y tendría que continuar investigando si se decidía a hacerlo.

Echó mucho de menos a Alicia, sobre todo los días inmediatamente posteriores a su marcha, al igual que a su abuela. Su hermana y ella habían empezado a compartir recuerdos de la infancia, y a pesar del tratamiento que les había dispensado su padre, encontraban paz en su mutua compañía.

Suspiró y se dio la vuelta en la cama. Por alguna razón se sentía particularmente inquieta aquella noche. No solía tener dificultades para conciliar el suelo, pero Will Weston estaba invadiendo su pensamiento de un modo implacable, lo mismo que aquella primera vez en que abandonó Taunton y se instaló en Larkswood. Era agotador y deprimente no ser capaz de deshacerse de su recuerdo. No era hombre para ella: el destino y su propio orgullo se habían encargado de que así fuera, pero desgraciadamente sus sentimientos no podían olvidarse de él tan fácilmente.

Se levantó y fue a sentarse en el alféizar de la ventana desde donde se podían escuchar los sonidos de la noche: el viento en los árboles y el deambular de las criaturas nocturnas. Todo parecía magnificado por la quietud de la casa y sus alrededores. Sin pensarlo se vistió y bajó las escaleras.

La vieja casa proyectaba su silueta negra sobre las piedras del patio delantero y se oía el ruido de las vacas de Owen en el granero y el trasiego de los ratones en el heno. El camino de Lambourn aparecía blanco y brillante a la luz de la luna, pero Annabella se apartó de él para tomar el que bordeaba los jardines de Larkswood. Pasó la charca que era todo lo que quedaba del viejo molino y se detuvo al abrigo del seto para contemplar el paisaje vacío. La brisa de las colinas era fresca y se estremeció. A lo mejor la ayudaba a dormir...

De pronto se oyó el ruido de unas pisadas sobre las hojas caídas y un hombre se plantó en el camino. Annabella iba a gritar, pero antes de que pudiera hacerlo, una mano le tapó la boca desde atrás.

—No te muevas y no grites.

Annabella se quedó inmóvil al oír la voz de Will. Él retiró la mano y él la tomó en brazos. Annabella tuvo la impresión de que alguien pasaba cerca de ellos pero él no la soltó hasta que no alcanzaron la protección del seto. Se miraron el uno al otro a la fría luz de la luna.

—¿Qué demonios haces aquí?

Aquella vez, Will no parecía enfadado con ella, sino exasperado. Annabella se pasó las manos por la capa. Todo el cuerpo le temblaba del contacto con él.

—¡Yo podría preguntarte a ti lo mismo! ¿Qué estabas haciendo? ¿Es que te gusta salir a deambular por la noche como los vampiros?

—Yo lo he preguntado primero —dijo, ofreciéndole su brazo—. ¿Qué haces levantada a estas horas?

—No podía dormir, y he querido salir a tomar un poco de aire fresco.

—¡Son más de las dos de la madrugada! ¡No son horas para que una joven ande paseando sola! Podrías haberte tomado una taza de leche caliente, si no podías dormir, o leer un poco en la cama.

Annabella se soltó de él, molesta.

—Sí, o tomarme una dosis de láudano —espetó—. A lo mejor eso te parecía bien. Siento que mi comportamiento te ofenda, pero no me esperaba encontrar a tanta gente por aquí. ¡Yo no podía dormir y por eso he salido, pero no sé qué siniestro motivo puede tenerte a ti por aquí a estas horas!

Will suspiró.

—Ando tras un furtivo, eso es todo. El hombre al que has visto es mi guardabosques. Llevamos varios kilómetros siguiendo al furtivo. Sabemos que ha cazado un par de liebres, pero es evidente que anda tras otra clase de presa. Estábamos a punto de cazarle abatiendo a un ciervo cuando has aparecido tú y ha salido corriendo. ¡Una noche de trabajo a la basura!

Annabella no iba a disculparse por haber salido a dar un paseo en sus propias tierras.

—¡Supongo que no tiene importancia que me hayas dado un susto de muerte! —protestó—. ¿Era necesario que me agarrases así?

Will sonrió.

—Puede que no, pero ha sido muy placentero. Y además, merezco alguna recompensa por haber perdido toda una noche. ¡Venga, firmemos una tregua! —añadió cuando ella iba a protestar—. ¡Si te sirve de consuelo, tú también me has dado un susto de narices!

Iban caminando despacio hacia la casa.

—Ese lenguaje no es apropiado para dirigirse a una dama —se quejó.

—Le ruego que me perdone, *madam*. Pero si decides salir a pasear en plena noche, tendrás que aguantarte con lo que encuentres. A lo mejor deberías tener más cuidado.

—A lo mejor.

Will apartó una rama seca con el pie.

—Extraños sentimientos para un hombre que ha salido a perseguir a un furtivo, pero no te preocupes, que la próxima vez que salga de noche, tendré más cuidado. ¡Incluso me llevaré pistola!

—¿Sabes disparar? —bromeó—. Sería muy conveniente.

—¡Por supuesto que sé! A mi padre le parecía que era muy útil, lo cual dice mucho de su persona. Se me olvidó mencionarlo cuando la señorita Hurst criticaba mis habilidades. ¡Cuánto me habría gustado ver la cara que se le ponía!

Habían llegado a la puerta de Larkswood y Will se hizo a un lado para dejarla pasar.

—¿No vas a invitarme a entrar? —le preguntó al ver que ella hacía ademán de despedirse.

Aquella vez no había trasfondo en su voz, pero Annabella se preguntó qué querría decir.

—¡Desde luego que no! ¡Sería muy poco juicioso en una joven invitar a un hombre a su casa a las dos de la mañana!

Y le cerró la puerta en las narices.

Amy Weston fue a verla al día siguiente con Charlotte. La niña estaba entusiasmada con la cometa que su tío le había enseñado a volar en Weatherclock Hill, y Annabella tuvo que soportar las alabanzas sin cuento de Amy y Charlotte sobre Will. No es que no le parecieran justificadas, sino que escuchar su nombre y la lista de sus virtudes era difícil para ella. Siempre temía descubrirse.

Amy también admiró su casa, lo cual le hizo recordar que Will pretendía que Larkswood fuese para ella.

—Es una casa preciosa y un entorno delicioso, pero ¿no se siente un poco aislada aquí, señora St Auby? —le preguntó más tarde cuando se sentaron a tomar un té—. Le aseguro que yo no podría vivir tan lejos de todas partes —concluyó, mirando a su alrededor, a los campos de maíz y las curvas de las colinas.

Su vida en la plantación debía ser mucho más regalada y menos ardua de lo que se había imaginado, y la animó a contarle algo más de ella. Durante un rato la regaló con historias sobre la sociedad de Charleston y lo feliz que había sido con el hermano de Will. Luego Amy se marchitó como una delicada flor.

—Pero todo eso ha desaparecido ya —asumió con un suspiro—. Es tan duro perder a un marido, ¿no es así, señora St Auby? Hay veces en que sigo lamentando hondamente su pérdida. Usted debe saber bien de lo que hablo.

—Creo que comprendo cómo debe sentirse,

aunque ha sido usted muy valiente dejando su casa y haciendo semejante viaje por el bien de su familia. Supongo que la cálida bienvenida que le dispensaron en Challen Court debió aliviarla.

—Desde luego. Will ha sido todo lo que se puede esperar de un hermano—. Está buscando una casa para nosotros, pero yo espero que no esté lejos de Challen, porque me encanta este lugar y sus gentes. Su hermana ha sido amabilísima conmigo, y espero... confío en hacer amigas aquí.

Annabella sonrió. Era curioso que Amy Weston hubiera tenido el coraje suficiente para viajar de un continente a otro, y sin embargo albergase dudas respecto al recibimiento que se le iba a dispensar en una sociedad rural.

—Estoy segura de que así será —contestó, y vio alivio en los ojos castaños de la joven.

—Cuando Will se case, será todavía mejor. ¡Estoy deseosa de conocer a su esposa!

Annabella dio un respingo y parte del té se derramó en su vestido, que la señora Frensham intentó secar sin conseguirlo. En el jardín, Charlotte perseguía a una mariposa de brillantes colores con una pequeña red.

—¿Cree usted que ese acontecimiento es inminente? —le preguntó Annabella.

—Oh... bueno, no puedo estar segura... pero Will estaba hablando el otro día con su cuñado y le oí contarle los cambios que haría en Challen cuando se casara. Luego lord Mullineaux hizo un comentario que no pude oír, pero fue algo así como que la mitad de sus parientes femeninas están enamoradas de él. Y no me sorprende, porque Will es un gran hombre, ¿no le parece, señora St Auby?

—Supongo que sí —contestó con cierta frialdad—. No es tan bien parecido como James, pero...

—Oh, no —sonrió—, pero Will es un hombre de gran carácter, y creo que cualquier mujer debería sentirse afortunada de poder llamarle esposo.

Annabella se pasó los dos días siguientes ayudando a Susan a hacer queso y mantequilla. Eran prácticamente autosuficientes porque la granja de Lara les proporcionaba lo que ellos no podían cultivar o hacer por sí mismos y su vecino Owen Linton acudía con frecuencia al mercado, y no tenía inconveniente en aceptar algún encargo a cambio de una mirada de los ojos castaños de Susan. Annabella se había ido encontrando cada vez más involucrada en las actividades de la casa. Era la primera vez que se hacía cargo de la dirección de una, ya que su padre pagaba las facturas cuando Francis y ella se casaron y después siempre había sido una inquilina en la casa de otra persona. Resultaba reconfortante hacer planes con Susan, quien estaba demostrando ser una intendente capaz y una aliada de confianza.

Aún más placentero era el proyecto de un cambio de escenario y de compañía. Alicia le había escrito para invitarla a pasar unos días en Oxenham, con la idea de asistir a la feria de Faringdon, y ella estaba encantada con la idea.

Susan y Owen fruncieron el ceño cuando Annabella les dijo aquella misma tarde que iba a darse un paseo a caballo por las colinas. Ninguno de ellos le dijo nada, aunque a Susan le habría gustado decirle que no le gustaba que se fuera sola. Al tomar el camino de Lambourn recordó los comentarios de Will la noche en que se encontraron y pensó que mucha gente se sentía incómoda con las mujeres independientes. Sabía que la mayoría de sus conocidos encontraban extraño que hubiera decidido vivir sola en Larkswood, y la consideraban una excéntrica. Ni Alicia ni James habían intentado quitarle la idea, pero a veces se preguntaba si lo habían hecho no porque aprobaran su decisión, sino porque querían que ella sola se diera cuenta de su error. Clavó los talones en los flancos del caballo y lo puso al galope colina arriba.

Había algunas piedras antiguas junto a las que

decidió detenerse para contemplar la escena: Larkswood acurrucada en una pequeña depresión, y más allá, en la distancia, los pueblos de Challen, Oxenham y los demás que salpicaban el valle. Desmontó y ató las riendas a un poste mientras contemplaba aquellas piedras. No es que fueran impresionantes, ya que muchas estaban tiradas por el suelo, cubiertas de musgo y líquenes, y sin embargo había algo que imbuía paz en ellas, en aquel lugar, y Annabella se sentó sobre la hierba crecida con la espalda apoyada en la piedra caldeada por el sol, y contempló el paisaje. Ante ella, unas amapolas tardías se cimbreaban a la brisa ligera como un pañuelo rojo que volase entre las cabezuelas de maíz. Annabella cerró los ojos.

No podría decir cuánto tiempo dormitó así, o qué la hizo despertar, aunque tuvo la impresión de que algo se movía cerca. Una alondra gorjeaba sobre su cabeza y al abrir los ojos, una sombra le tapó la luz del sol. Por un momento sintió miedo, pero casi inmediatamente reconoció al recién llegado.

—¡Me has asustado! —exclamó, incorporándose—. ¿Se puede saber qué haces aquí?

Will Weston estaba apoyado contra una piedra cercana y se incorporó para mirarla divertido.

—Me gustaría pensar que protegiéndose de salteadores de caminos.

Annabella enrojeció.

—¿Por qué has salido sola a montar? ¿Y por qué te has quedado dormida en mitad de ninguna parte? No eres muy lista que digamos, a pesar de lo que te dije la otra noche.

Annabella se irguió. Sabía que tenía razón, pero no pensaba admitirlo.

—No he corrido ningún peligro.

—¿Ah, no? Puede que en estas colinas ya no queden bandoleros, pero no es sensato salir sola. No sé cómo te atreves a vivir en Larkswood, apartada de la civilización...

—Sin embargo, querías que la señora Weston viniese a vivir aquí —replicó en tono almibarado—, así que tan poco conveniente no debe ser.

Will sonrió.

—Es cierto, y ha sido muy oportuno recordármelo. Es evidente que Amy no habría podido vivir aquí. Bueno... —se hizo a un lado para que ella pudiera pasar—, me alegro de ver que te sientes como pez en el agua en Larkswood. Voy hacia Lambourn, a casa de los Linley, y he de marcharme.

Pero no se movió, y miró pensativo a Annabella, deteniéndose en sus mejillas arreboladas y en su pelo revuelto.

A ella empezó a costarle respirar.

—¿Cómo has sabido que estaba aquí? —le preguntó.

—Te vi subir por la colina —le contestó, con una voz sorprendentemente baja.

De pronto sintió que había algo extrañamente íntimo en aquel círculo de piedra, en el calor que emanaba de aquellas piedras, en la alondra que seguía gorjeando en el arco brillante del cielo. Annabella tragó saliva. La boca se le había quedado seca. Echaba de menos la felicidad dorada que había experimentado en Mundell, antes de Larkswood y todo lo que había erigido el muro que había entre ellos. Sus miradas se encontraron y la tensión creció.

—¡No me mires así! —exclamó Will, y retrocedió con tanta vehemencia que Annabella se quedó muda. Roja de vergüenza al pensar que su cara podía dejar traslucir lo que sentía, dio la vuelta con rapidez, pisó el borde de su falda de montar y al caer y apoyar la mano en la superficie áspera de una piedra se le levantó la piel.

Sintió un deseo enorme de llorar, desproporcionado porque apenas se había hecho una gota de sangre; miró a Will y en un abrir y cerrar de ojos se encontró en sus brazos y sintió un beso tan apasionado que las lágrimas se evaporaron.

Will la tumbó sobre la hierba que crecía en el círculo de piedras y la pasión creció con la rapidez que propiciaba su larga separación. Sus labios parecían quemar, pero Annabella se aferraba aún más a él, envolviéndose en la violencia de su necesidad de ella, en la necesidad del uno por el otro. Su sabor le llenaba los sentidos. Ninguno pronunció una sola palabra.

Will desabrochó su traje de montar y dejó al descubierto una fina camisola. Los pechos de Annabella subían y bajaban con rapidez febril, y los pezones se marcaban claramente al otro lado del tejido.

Will contuvo el aliento y casi rasgó la camisola para saborearlos. Ella gimió y le levantó la chaqueta para sentir directamente el tacto de su piel. Todo el miedo había desaparecido junto con los recuerdos de Francis y del acto indigno y doloroso que infligía en ella. Lo único que deseaba en aquel momento era alcanzar el punto álgido de aquel placer tan delicioso.

Will volvió a apoderarse de su boca y el calor del sol junto con el de su sangre le provocaron una sensación de lánguido abandono. Hasta que de pronto, Will se apartó de ella.

—Perdóname... no debería...

Con los sentidos aturdidos, tardó en darse cuenta de que se había separado y le costó abrir los ojos. El cielo seguía siendo azul, el sol brillaba aún, la hierba le hacía cosquillas en la piel... y Will bien podía estar pensando en comprometerse con otra mujer.

Pero todo quedó olvidado al encontrarse con aquellos ojos azules llenos de amor y ternura.

Y volvió a encontrarse en sus brazos y a dejarse tumbar sobre la hierba riendo y llorando a un tiempo.

—¿Te casarás conmigo, Annabella? —le preguntó muy serio.

Y ella no tuvo más remedio que decirle que sí.

Diecinueve

Más tarde, sentados con la espalda recostada sobre la piedra y el brazo de Will en un gesto posesivo sobre sus hombros, Annabella pudo decirle todo lo que llevaba en el corazón sobre Larkswood, su disputa y su temor de que pudiera estar pensando en casarse con otra.

—¡Qué tontería! ¿Quién te ha hecho pensar algo así?

—Es que... el otro día, hablando con Amy, me dijo que te había oído a su vez hablar con James y que él decía que la mitad de sus parientes femeninas estaban enamoradas de ti...

Will se echó a reír.

—Me parece que Amy ha mezclado dos conversaciones diferentes porque James se refería a ti. Y yo le estaba diciendo que quería pedirte que te casaras conmigo.

Con una sonrisa, la ayudó a levantarse y a quitarse las hierbas que se le habían pegado a las ropas.

—Voy a tener que volverme a Challen a cambiarme de ropa —dijo él con una sonrisa—. Pero primero te acompañaré a Larkswood —añadió, apartándole el pelo de la cara—. Ojalá no tuviera que dejarte, pero le prometí a Richard Linley que le vería esta noche porque mañana sale de viaje al extranjero. Pero si quieres, mañana podemos pasar el día juntos…

Los ojos de ella brillaron de alegría y de la mano caminaron hasta donde habían dejado a los caballos, que con las riendas sobre el lomo, siguieron a los enamorados que, de la mano, fueron descendiendo por la colina hasta Larkswood.

Susan estaba en el jardín y los observaba con los brazos en jarras mientras bajaban colina abajo, y el cabello revuelto de Annabella, el brillo de sus ojos y su sonrisa suscitó en ella un gesto de sorpresa.

—Susan, sir William y yo...

Miró a Will, sonrió, y olvidó lo que estaba diciendo.

—Puedes darnos tu enhorabuena —dijo él—. La señora St Auby ha consentido en ser mi esposa.

—¡Enhorabuena, señor! ¡Enhorabuena, señora! ¡Ya era hora! —añadió con una sonrisa y tomando del brazo a su señora, añadió—: venga conmigo, que tengo que hacer algo con su pelo antes de que le dé la buena nueva a la señora Frensham, que a pesar de lo que pueda parecer, no es ciega ni estúpida.

Después de despedirse de Will con un beso y hasta su próximo encuentro, dejó que Susan la llevara a su dormitorio, donde se cambió de ropa y se peinó. A continuación fue a ver a la señora Frensham, quien la felicitó efusivamente, y pasó el resto de la tarde en el jardín pensando en Will. Cuando el fresco de la noche la empujó a entrar en la casa, se sentó en su pequeño salón y dedicó más tiempo a pensar en el futuro. Al día siguiente iría a Oxenham a contárselo a Alicia y a su abuela...

Cuando la casa quedó por fin en silencio, y sólo se escuchaba el firme tic tac del reloj de carillón, se dispuso a irse a la cama. Era otra noche de clara luna en la que sólo se oía el soplido del viento entre los árboles. Annabella se acercó a la ventana, aún demasiado llena de felicidad e ideas como para irse a descansar, y apartó los cortinajes. La luz había desaparecido de repente, pues la luna había quedado oculta por una nube, y Annabella se estremeció. Aunque estaba empezando a amar aquel paisaje con sus ondulantes colinas, había ocasiones en que descubría en él algo elemental, algo que no conseguía comprender del todo. No era supersticiosa, pero cuando el sol se ocultaba y aparecía la luna sobre las colinas, se sentía presa de un hechizo tan viejo como el tiempo. Pero pronto dejaría de estar sola. Arrebujándose en el chal, empezó a subir las escaleras con la palmatoria de la vela en la mano, y apenas había ascendido el primer peldaño cuando la quietud se vio rota por el sonido de los cascos de unos caballos y una confusión de voces. Alguien aporreó la puerta principal.

—¡Abran en nombre del rey!

Una puerta se abrió en el piso de arriba y se oyó la voz de la señora Frensham.

—¡Señora St Auby! ¡Señora St Auby! ¿Qué pasa?

Annabella fue a la puerta y abrió los pesados cerrojos. Cuando estaba a punto de abrir, Frank, el mayordomo, apareció poniéndose la chaqueta. La señora Frensham estaba en el descansillo de la escalera en camisón y gorro de dormir. Detrás de ella aparecieron los rostros atemorizados de Susan y las otras criadas.

Frank abrió la puerta y el vestíbulo se llenó de hombres, uno de los cuales no cesaba de repartir órdenes:

—Vosotros dos, buscad en la casa de arriba abajo. Benson, sal y ve por la parte de atrás. Y Jenkins...

Annabella se irguió.

—¡Yo soy el ama de esta casa, señor, y nadie buscará nada en ella sin explicarme antes por qué!

El efecto de sus palabras fue considerable. Todos quedaron inmóviles. Entonces el caballero se volvió a mirarla.

Parecía joven a primera vista, pero enseguida las líneas de la edad y la experiencia le situaron en torno a los treinta. Al igual que sus hombres, llevaba un uniforme extraño, negro, muy distinto del rojo del regimiento de Jeffries.

—Le ruego me disculpe, señora —contestó, ejecutando un tenso saludo—. Soy el capitán Harvard, de la Marina de su Majestad, a su servicio. No sabía que sir William Weston se hubiera casado.

Annabella parpadeó varias veces.

—Y no lo ha hecho, que yo sepa. Todavía no. ¿Y eso qué tiene que ver con su presencia en mi casa?

El caballero la miró fijamente por primera vez, reparando en su viejo vestido y su pelo suelto.

—Hemos venido a arrestar a sir William —declaró con impaciencia—, y usted haría bien en no interponerse en nuestro deber, *madam*. ¡Hágase a un lado, por favor!

—Está usted buscando en el lugar equivocado, capitán. ¡Soy Annabella St Auby, cuñada del marqués de Mullineaux, y ésta es mi casa, no la de sir William! ¡Y ahora, haga el favor de explicarse! ¿Arrestar a sir William? ¡Jamás he oído semejante tontería! Señora Frensham, acompáñenos al salón, por favor.

El capitán Harvard la siguió mansamente al salón; cerraba la comitiva la señora Frensham, algo incómoda en camisón. Annabella cerró la puerta y le miró sin pestañear.

—¿Y bien?

—Parece que ha habido un error —comenzó Harvard de mala gana—. Me habían informado de que esta casa era la de sir William Weston, y por eso le buscábamos aquí.

Annabella enarcó una ceja y siguió de pie y en silencio.

—Me temo que su explicación carece de sentido, señor. Faltan cinco minutos para la media noche. ¿Le parece probable que sir William anduviese por aquí?

—No, ya sé que no es probable, pero era… posible.

Estaba claro que no había descartado la idea de que ella fuese la amante de sir William, oculta discretamente allí, y con su amante acudiendo a visitarla a altas horas de la noche, y no se imaginaba él hasta qué punto podía ser cierto, pensó ella, recordando el encuentro en el círculo de piedra.

—No obstante —continuó Harvard tras un instante—, el maestro de armas de sir William le ha visto en el camino hace poco, y pensamos que buscaría refugio aquí.

Annabella compuso un gesto de exasperación.

—Sigo sin comprenderle, señor. ¿De dónde ha sacado semejante historia? ¿Bajo qué autoridad actúa usted?

—Con la del almirantazgo —contestó, ufano—. Sir William Weston está acusado de traición, y yo estoy aquí en nombre del almirante Cranshaw para arrestarle por ese cargo.

Hubo un largo silencio en el que Annabella tuvo que apoyarse en el borde del escritorio. Quiso hablar, pero no pudo, y fue la señora Frensham quien lo hizo por ambas.

—Traición… —susurró, blanca su cara como la pared—. ¿Sir William, un traidor? ¡Imposible!

—Así es, señora —dijo él—. Sir William ha de responder del cargo de abandono de su puesto en la batalla del lago Chaplain en el año catorce, cuando no había recibido la orden de detener el fuego. Y el hecho de que se resista al arresto sugiere que es culpable de lo que se le acusa. ¡Un oficial y un caballero jamás puede comportarse de ese modo!

Daba la impresión de que al capitán Harvard no le gustaba demasiado sir William.

—Parece usted impresionada, señora —dijo él—. Siéntese. ¿Quiere tomar algo?

—¡Pues claro que estoy impresionada! —espetó—. Sir William es un gran amigo de la familia...

—Cuánto lo siento, señora, sobre todo porque ha resultado herido...

La señora Frensham dejó escapar un grito de terror, que afortunadamente tapó la exclamación de Annabella.

—¿Herido? —repitió a media voz, y vio una expresión de suficiencia iluminar el rostro del capitán.

—Sí. Le dispararon cuando intentaba huir.

Respiró hondo, decidida a no dejar entrever su miedo. La señora Frensham se cerraba el cuello del camisón como si temiera que los hombres del capitán irrumpieran en cualquier momento y fueran a dispararles también a ellas.

—Veamos si le he entendido correctamente, capitán —dijo, mirándole a los ojos—. Pretende usted arrestar a sir William Weston. Ha creído identificarle en el camino que pasa junto a mi casa, le pidió que se detuviera y como él no lo hizo, le disparó.

Sus palabras parecieron reverberar en la pequeña habitación.

—Sólo puedo decirle, señora, que sir William está en búsqueda y captura porque sus acciones son consideradas criminales.

Annabella sintió náuseas. El Will Weston que ella conocía no se parecía en nada al personaje que el capitán acababa de pintar. Y sin embargo, ¿cómo podía haberse negado a ser detenido, siendo como era un hombre que en tanta estima tenía la integridad? Y en cuanto al cargo de traición, ni lo había creído antes, ni lo creía ahora, pero no tenía intención de revelar nada a aquel extraño de rostro adusto, que había invadido su casa con tal falta de consideración. Con un esfuerzo supremo, lo miró directamente a los ojos.

—Me temo que no puedo ayudarle, señor. Quizá tenga más éxito yendo directamente a casa de sir William, Challen Court. Ahora es tarde, y le agradeceré que se marche.

Un ligero rubor subió a las mejillas del capitán. Estaba claramente molesto por el tono de

Annabella y su forma de ignorar sus instrucciones.

—¿Conoce usted bien a sir William, señora? ¿Cuándo lo vio por última vez?

Annabella se acercó a la puerta.

—Como ya le he dicho antes, sir William es un conocido de mi familia —contestó con frialdad—, y le he visto hoy mismo, cuando iba de camino a Lambourn.

—¿Está segura de que no ha estado aquí esta noche?

—Capitán Harvard, ¿acaso cree que no sé quién entra o sale de mi casa?

Los ojos grises de Harvard se clavaron en los suyos. Estaba claro que no la creía, e incluso sospechaba que ocultaba a su perseguido.

—Le sugiero que continúe su búsqueda por otros derroteros, señor. Aquí está perdiendo el tiempo —abrió la puerta y se hizo a un lado para que saliera.

Y si tiene alguna pregunta más que hacerme, vuelva cuando sea de día. Ahora es tarde y me voy a la cama. Buenas noches.

No habría podido decir cómo había podido mantener la calma mientras el capitán y sus hombres se marchaban. Cuando salieron, la casa entera se volvió loca. Frank estaba relatándole a la cocinera, que lo contemplaba con ojos como platos, un exagerado resumen de su intervención en el caso, mientras la señora Frensham se retorcía las manos y parecía a punto de desmayarse. Susan miró preocupada a Annabella y decidió animar a sus compañeros a volver a la cama prometiéndoles un vaso de leche caliente con un relajante que les ayudase a conciliar el sueño. Annabella se sentó en el primer peldaño de la escalera y ocultó la cara en las manos. Debería salir a buscar a Will, o acudir a Oxenham en busca de ayuda, pero ninguna de las dos opciones le pareció muy inteligente. Tenía que pensar...

La puerta seguía abierta, ya que Frank había descuidado sus obligaciones y estaba en la cocina charlando con la doncella mientras ella calentaba la leche. Angustiada, se levantó para cerrar, pero cuando apoyó la mano, la hoja se abrió del todo.

—¿Me ayudarás a pesar de todo lo que has oído esta noche, Annabella? —le preguntó Will en el umbral.

Pero ella descubrió que estaba enfadada y no aliviada de verle. La tensión había dejado paso a la rabia.

—¡Will! ¿Se puede saber qué significa todo esto?

Will intentó sonreír, pero no llegó a conseguirlo. El color de su piel se había vuelto grisáceo y las líneas de su boca parecían más marcadas de lo habitual. Llevaba las botas llenas de barro, la chaqueta desgarrada y el brazo izquierdo le colgaba mortecino al costado.

—Estás herido... —musitó, y la ira dio paso inmediatamente a la preocupación. Rápidamente lo sujetó por el brazo sano.

—No es más que un rasguño en el hombro, pero he sangrando más de la cuenta.

Sus palabras sonaban de un modo extraño, casi como si no las pronunciara él. Se tambaleó un poco, y Annabella lo sujetó con fuerza.

—Unas vendas... y un poco de comida y vino, si no es mucho pedir. Siento molestarte de este modo... —sus ojos azules, empañados de dolor, buscaban los suyos—, sobre todo porque ahora soy un fugitivo.

—No digas tonterías. Vamos arriba.

—¡No! —contestó. Parecía estar intentando no perder el conocimiento—. La servidumbre...

—Es de confianza —dijo, al tiempo que oyó unos pasos en la escalera. Era Susan, que se asomaba desde el piso de arriba—. ¡Rápido, Susan, baja! Creo que se va a desmayar..

Susan no hizo preguntas y se limitó a ayudarla a subir a un Will casi inconsciente escaleras arriba.

—Mejor llevémosle a su cama, señora —dijo—. El otro dormitorio no está aireado y sir William va a necesitar descansar. Vamos... —

ayudó a Annabella a llevarle hasta la cama—. Voy a por algo de comer. Usted vaya al armario de la señora Frensham. Allí tiene vendas y ese ungüento que tanto le gusta a ella... no tema —añadió al ver el gesto alarmado de su señora—. Ya está dormida, y no será necesario despertarla.

La señora Frensham era una hipocondríaca reconocida, que siempre guardaba una colección de vendas, polvos y ungüentos en su armario, y Annabella los sacó de allí acompañada del suave ronquido de su dueña. Al salir se tropezó con Susan, que iba cargada de sábanas y con una jarra de agua en una mano.

—Lleve todo esto a su habitación, señora —le ordenó—. Yo voy a la cocina a por algo de comida.

Y sin darle tiempo a pensar en el porqué de su complicidad, salió escaleras abajo.

Veinte

Will había conseguido recostarse en las almohadas, pero tenía los ojos cerrados y un horrible color de cabeza. Tenía sangre seca en la manga y otra mancha brillante en el pecho. Le tocó la mano y él abrió los ojos e intentó sonreír.

—Annabella… gracias a Dios…

Le sirvió un vaso de agua y le ayudó a incorporarse para beber, apoyada la cabeza en su hombro.

—He traído vendas y sábanas —le dijo, apartándole el pelo de la frente—, y Susan te va a traer algo de comer. Creo que lo mejor sería vendar la herida primero…

Will miró hacia abajo y pareció sorprenderse de que la herida siguiera sangrando.

—Maldita sea... ¿Me ayudas a quitarme la camisa? Sé que es una petición que no debe hacerse a una señora... —a pesar del dolor, su mirada era burlona—, pero lo haremos mejor sin ella.

Annabella enrojeció hasta las cejas y, apretando los dientes de rabia, le ayudó a quitarse la chaqueta y a desabrocharse los botones de la camisa. La herida estaba en el hombro, y era un rasguño profundo y limpio pero del que seguía manando sangre. Un poco más abajo, en el brazo, había una laceración más pequeña pero de un rojo furioso. Nunca había visto heridas así, y mucho menos se había visto obligada a vendarlas, así que no tenía ni idea de por dónde empezar.

—Annabella —le dijo él, cuando hubieron pasado varios minutos—, yo estaría encantado de quedarme aquí en tu cama para siempre, pero si me lavas la herida, le echas unos polvos de esos y la vendas, me bastará. La otra no es más que un rasguño que se curará sola.

Su tono tranquilizador la animó, que era lo que se pretendía. Mojó una gasa en la palangana de agua y limpió cuidadosamente la herida. Oyó a Will contener el aliento y se mordió el labio, pero aunque había palidecido ostensiblemente, no dijo nada. Los polvos de la señora Frensham tenían un aspecto horrible, pero como Will le dijo que su eficacia era indudable, se animó a usarlos en la herida e intentó vendarla. Pero eso no resultó ser tan sencillo, y fue el propio Will, que había atendido a muchos heridos en el campo de batalla, quien le enseñó cómo ponérsela. Además, Annabella tuvo que batallar contra la distracción de su piel de bronce, su calor, su olor. La venda se le cayó de las manos torpemente, se agachó a recogerla y al incorporarse, quedó cautiva de esos ojos, al mismo tiempo exigentes y llenos de ternura. Will se llevó su mano a los labios para besarla.

—Gracias.

Le era muy difícil mirarle a los ojos, y después de la intimidad de aquella tarde, resultaba verdaderamente extraordinario. Intentando disimular, acabó de sujetarle el vendaje, le llenó otro vaso de agua y estiró las sábanas de la cama.

—Enseguida te traerán algo de comer. Debes tener hambre.

—Gracias —repitió en voz baja, sin dejar de observarla—. Annabella, te debo una explicación. He oído lo que Harvard te ha dicho, todo o casi todo. Estaba fuera. Pero los rumores de lo del lago Champlain ya los conocías —añadió con amargura.

—Sí, y no he creído ni una palabra —declaró

con firmeza—. Cuando los oí en Somerset, me pareció pura malicia y nada más. Y ahora tampoco tengo razones para darles crédito. Pero sí que hay algo que no entiendo… —la voz le temblaba ligeramente—. ¿Por qué no has accedido a acompañar a Harvard y limpiar tu nombre? No tienes nada que temer. ¡Podrías establecer tu inocencia sin ninguna duda!

Una sonrisa triste se dibujó en los labios de Will.

—¡Eres más generosa conmigo de lo que merezco, amor mío! Lo que deberías decir es que un hombre que se resiste a ser arrestado no debe ser tratado como caballero. Mi acción sugiere que tengo algo que ocultar, y que soy culpable. ¡Sin duda es eso lo que dirá Harvard! Y todos los que me conocen esperarían que me hubiese entregado a él esta noche para que me llevase a Londres ante el almirantazgo y poder explicarme ante ellos. Así no me cazarían como a un criminal.

Cerró los ojos un instante.

—Entonces… ¿por qué has decidido…

Abrió de nuevo los ojos. Parecía agotado.

—Podría haber limpiado mi nombre como tú dices si hubiera podido tener esa oportunidad, pero Harvard no ha hecho lo que él dice, sino que me disparó sin darme opción. Ahora que me ha perdido, no me cabe duda de que le dirá a todo el mundo que me resistí al arresto, pero la verdad es que ha intentado matarme y que me quiere ver muerto.

Annabella se llevó una mano a la frente. La cabeza la daba vueltas. ¿Estaría delirando Will? No parecía tener fiebre, al menos por el momento, pero...

—Estás pensando que me he vuelto loco —le leyó el pensamiento—, pero te aseguro que lo que te he dicho es cierto. Harvard no se identificó, ni me dio el alto... —suspiró—. Estuve cenando con los Linley en Lambourn como tú sabes, y se me hizo tarde para volver a casa. En el camino me encontré con él, y me disparó sin darme antes el alto, sin decir nada. El primer disparo me rozó el brazo y salí a galope pensando que se trataba de salteadores de caminos. Llevaba pistola y podría haber contestado al fuego, pero la noche estaba cerrada y no tenía sentido arriesgar. El segundo disparo me dio en el hombro y me tiró del caballo. El animal se asustó y salió a todo correr camino adelante. Yo conseguí ponerme a cubierto y en la oscuridad no me encontraron. Fue entonces cuando les oí hablar.

Su mirada se endureció, se volvió amarga y áspera.

—Harvard maldecía por haberme perdido. Decía que tenían que encontrarme, que no podían dejarme vivo para que fuera con el cuento. Reconocí su voz porque estaban apenas a diez metros de mí. Y se dirigió a Hawes por su nombre, lo que me hizo pensar. Hawes era el maestro de armas de mi último navío, pero antes de eso, y por lo que veo después también, trabajaba para Harvard.

—¿Estás diciendo que fue deliberado?

—No puede ser de otro modo. Estaban dispuestos a encontrarme, y si era sin vida, mejor. Lo de que yo me había resistido al arresto es una mentira que han debido urdir después, para desacreditarme en caso de que yo intentase declarar que Harvard había intentado matarme.

Hubo un momento de silencio. La llama de la vela crepitó.

—¿Y por qué quiere hacer tal cosa? No es que dude de ti, Will, pero...

—¡Eso es lo peor: que no lo sé! Supongo que le ordenaron detenerme, no matarme. Harvard y yo nunca hemos sido amigos, pero no tenía ni idea de que me quisiera ver muerto. ¡Maldita sea... no puedo pensar con claridad! ¡No soy capaz de imaginar por qué puede querer matarme!

Annabella le puso la mano en la frente, preocupada por la fiebre.

—Intenta dormir un poco. Sin duda lo verás todo más claro cuando hayas podido despejarte. Ahora no le des más vueltas.

—Tienes razón, cariño. Pero no debería quedarme aquí. Mi presencia te pone en peligro y no...

—Voy a ser tu esposa. ¿Quién más puede tener derecho a cuidarte? Anda, duerme. Te va a subir la fiebre.

Will sonrió.

—En eso tienes razón, pero no por la clase de fiebre que tú te imaginas. Llevo mucho tiempo quemándome por ti, Annabella —declaró, tomando de nuevo su mano—. Durante mucho tiempo he tenido miedo de mí mismo por lo que pudiera llegar a hacer, y ahora estoy aquí, en tu cama, pero no del modo en el que yo había soñado.

—Tienes fiebre, sin duda —le riñó, intentando no sonreír.

Le arropó y volvió a llenar de agua el vaso. La comida de Susan no iba a ser necesaria, y quizás fuese lo mejor, porque Will se estaba quedando dormido rápidamente.

Alguien llamó suavemente a la puerta y Susan entró.

—Siento haber tardado tanto, señora. Uno de los soldados volvió a hacernos preguntar, pero le he mandado con viento fresco. No se preocupe, señora, que se ha marchado —añadió al ver la cara de preocupación de Annabella—. Yo me quedaré con sir William porque usted parece agotada —dijo, acompañándola hasta la puerta—. Owen saldrá a primera hora para el mercado y llevará un mensaje a Oxenham. He pensado que usted querría pedirles ayuda. Y no se preocupe, que cuidaré bien de sir William por usted.

Annabella se despertó más tarde de lo normal cuando Susan apartó las cortinas de la cama y le dejó una taza de chocolate caliente sobre la mesilla.

—Tiene fiebre —le dijo cuando Annabella le preguntó por sir William—. Frank ha estado junto a su cama casi toda la noche. Le he cambiado el vendaje de la herida y parece que ha empezado a cicatrizar, pero tiene mucha fiebre y no se ha despertado. Intente darle usted un poco más de esa medicina. Sé que tiene una pinta horrible, pero funciona.

Annabella se vistió rápidamente y fue a ver a Will.

Lo encontró destapado y dando vueltas con suma inquietud. Le ardía la frente y murmuraba en sueños. Le lavó la cara con agua fresca, pero no logró despertarle, y luego se sentó en el borde de la cama y tomó su mano.

Unos minutos después, se despertó sobresaltado. Sus ojos brillantes por la fiebre y el delirio, la miraron fijamente, pero no podía estar segura de que la reconociera. Le dio un poco de agua con la medicina.

—¿Dónde estoy? —preguntó, apenas con un hilo de voz—. ¿Annabella? Ah, entonces es cierto...

Intentó incorporarse, pero se dejó caer sobre la cama con un gemido de dolor.

—No te muevas —le dijo, acariciándole la mejilla—. Estás a salvo aquí, y pronto te recuperarás.

Will sonrió con los ojos cerrados.

—A salvo... en manos de un ángel —de pronto abrió los ojos de par en par—. ¿Tú me quieres, Annabella? ¡Necesito saberlo! —exigió, agarrándola por un brazo con una fuerza sorprendente en su estado.

—Sí, Will. Te quiero con todo mi corazón. Llevo mucho tiempo queriéndote.

Él se relajó, volvió a cerrar los ojos y se quedó dormido. Annabella se quedó mirándole inmóvil, sintiendo cómo su amor por él se expandía hasta llenar todo su ser. Fuera cual fuese el delito del que se le acusaba, sus sentimientos seguirían siendo los mismos. Pero ¿cómo iban a desenredar aquella madeja?

La puerta se entreabrió y Susan asomó la cabeza.

—Tiene que desayunar, señora —la reprendió—. La señora Frensham se ha despertado en un estado bastante delicado, y la he convencido de que de momento se quede en su habitación.

Annabella suspiró. Otra cosa más de la que ocuparse mientras intentaba encontrar el modo de ayudar a Will.

El día fue avanzando penosamente, asaltada como estaba a cada minuto por las dudas.

Cuando la noche anterior Susan le dijo que Owen Linton llevaría un mensaje a Oxenham, le había parecido buena idea, pero ya no estaba tan segura de ello. James Mullineaux era juez de paz, seguramente la primera persona a la que acudiría el capitán Harvard. Will y James eran grandes amigos, pero ¿sobreviviría su amistad a las acusaciones de traición y asesinato? En cualquier caso, ya era demasiado tarde. Sus meditaciones quedaron interrumpidas por el ruido de un carruaje al detenerse ante la puerta y unas voces que llenaron el vestíbulo.

—¡Annabella! —Alicia, inmaculadamente bella como siempre con un vestido de color verde musgo, corrió a abrazarla—. ¡Hemos recibido un mensaje horrible! ¿Estás bien? ¿Qué ha pasado?

Los Mullineaux iban acompañados de Caroline

y Marcus Kilgaren, y desbordada como estaba por los acontecimientos, se echó en brazos de su hermana con más vehemencia de la que cabía esperar tras una separación de tan sólo cinco días.

—¡Alicia, cuánto me alegro de verte!

Caroline y Alicia la acompañaron al sofá y se sentaron a ambos lados de ella con idéntica expresión de alarma.

—A ver, Annabella —dijo James con la franqueza que le caracterizaba—, ¿qué demonios está pasando? ¡Linton nos ha contado una historia rarísima sobre que Weston ha sido acusado de traición y que le han disparado cuando intentaba resistirse al arresto! —se acercó a la ventana y se apoyó en el alféizar—. Yo le habría dado por loco de no ser porque esta mañana se ha presentado un tipo... Harvard creo que me dijo que se llamaba, buscando a Will en nombre del almirantazgo. ¿Y bien?

Para sorpresa suya, descubrió que aquella frialdad era lo que más necesitaba. Mientras la respuesta de su hermana habría inducido sus lágrimas, las palabras desapasionadas de James la obligaron a enfrentarse con el problema.

—¿Qué te dijo el capitán Harvard?

—Pues que el almirantazgo le enviaba para que llevase a Will a Londres a responder del cargo de traición. Al parecer le habían dicho que Will tenía que volver de Lambourn anoche, y que le habían interceptado en el camino. Le dieron el alto, pero él disparó e intentó huir. Ellos abrieron fuego y le hirieron, pero luego no consiguieron localizarle —el gesto de James era adusto—. Harvard no tardó en decir que el hecho de que Will hubiese intentado escapar le declaraba claramente culpable de los cargos. Incluso sugirió que pudiera estar algo desequilibrado.

—Harvard se presentó aquí anoche, después de todo eso —contestó, estremeciéndose—. Y a mí me contó lo mismo. Estaba convencido de que Will buscaría refugio aquí.

—Parece querer encontrarle a toda costa. Incluso me dijo que temía que Will pudiera estar medio muerto tirado en una colina y que quería que le ayudase a organizar una partida de búsqueda —James sonrió por primera vez—. Pero yo sé que no es necesario.

Se miraron a los ojos.

—Will no está aquí —dijo sin pestañear.

—Pero ¿está a salvo, Annabella? —preguntó su hermana—. No te preocupes por James —añadió—, que mientras no sepa dónde está, no podrá contestar a las preguntas de Harvard. Lo que nos preocupa es que Will pueda estar herido.

Annabella capituló. Se les veía demasiado preocupados para pensar que fueran a traicionar a Will.

—Tiene una herida en el hombro que le está dando mucha fiebre, pero no creo que su vida corra peligro, ¡a menos que los polvos y las pociones de la señora Frensham sean letales! No se puede mover, eso sí. ¡Por favor, no se lo digáis al capitán Harvard! Cuando más tiempo pase buscando a Will por las colinas, mejor.

Caroline intervino.

—¿Pero qué dice Will de todo esto, Annabella? No es necesario que te diga que ninguno de nosotros se ha creído la acusación de traición que pesa sobre él, o que disparase a Harvard y saliera huyendo. Tiene que tratarse de un error.

—No hay error —declaró con firmeza—. Me dijo que Harvard había intentado matarle. Le dispararon sin previo aviso y luego le dieron caza. Os aseguro que es cierto.

Sus palabras fueron recibidas con un horrorizado silencio.

—El cargo de traición ya es bastante absurdo, pero éste otro es todavía peor —dijo Marcus Kilgaren—. ¿Will está seguro de que no puede ser un malentendido?

—Sí. Pero claro, se trata de su palabra contra la de Harvard, y él tiene un testigo que respalda su historia. Y lo que es peor aún: Will se encuentra en un estado que le incapacita para explicarse, y Harvard se está aprovechando de su desaparición para dar a entender que sus propios actos lo condenan. Will no puede presentarse y sin más acusar a Harvard de intentar asesinarle, teniendo tantas pruebas en contra. ¡Y además no tiene ni idea de qué ha podido mover a Harvard a actuar de ese modo!

—Ahora entiendo por qué el capitán parecía lamentar tanto haber perdido a Will —comentó Marcus—. Sin duda preferiría encontrarlo muerto en una colina, o capturado y encerrado, sin que nadie pueda tomarse en serio sus alegaciones.

—¿Pero de dónde ha salido todo esto? —se quejó Alicia—. El cargo de traición fue el punto de partida, y acusar a Will de un delito semejante es la tontería más grande que he oído en mi vida. ¡Sería difícil encontrar a un hombre más íntegro que Will!

—Alguien ha debido estar envenenando los oídos del almirantazgo —dijo James—. Recordaréis que hace un par de años se decía por ahí que Will había huido de un combate naval dejando solo ante el enemigo a otro capitán. Era una historia absurda, pero desgraciadamente los rumores no se apagaron del todo, aunque no se me ocurre cómo han podido volver a la superficie.

—Yo misma lo oí contar en Taunton —dijo Annabella, mirando a su hermana. Las palabras de Marcus habían dado precisamente en el clavo, porque lo que más le preocupaba era que un hombre como George Jeffries no tenía bastante influencia como para plantear semejante acusación contra Will Weston. Tenía que haber alguien más involucrado... alguien poderoso, o al menos con gran influencia.

—¿En Taunton? ¿Quién te lo contó? —preguntó Marcus.

—El capitán Jeffries. Me contó eso y algunos otros rumores acerca de Will en los que se decía que había ganado su fortuna como corsario. Pero Jeffries no tiene entidad suficiente para plantear semejante acusación. ¡Jamás le creerían!

—Puede que no, pero a otra persona sí —dijo Marcus, mirando a James—. Si Jeffries ha repetido ese rumor a alguien con influencia y que tenga algo contra Will...

—Ermina Hurst tiene un primo o algún pariente en el almirantazgo —dijo Caroline, pensativa—. Recuerdo que lo mencionó de pasada una noche, pero no estaba escuchándola con atención porque ya sabéis cómo charla esa mujer. Pero no puede ser que... ¡no! ¡De ninguna manera! Ni siquiera Ermina...

—La señorita Hurst no se tomó bien que Will la rechazara —planteó Marcus—, y puede que haya decidido vengarse.

—Pero ni siquiera sabemos a ciencia cierta que Ermina conociera al tal capitán Jeffries —apuntó

Caroline—. ¡Estamos yendo demasiado lejos! ¡La ofendemos con tan siquiera pensar algo así!

A juzgar por la expresión de los dos hombres, no eran de la misma opinión que Caroline. Y ella, tampoco. Al fin y al cabo, había sido testigo de hasta dónde podían llegar las consecuencias de la frustración de la señorita Hurst.

—La señorita Hurst bailó con Jeffries en Taunton —dijo—. Recuerdo que me pareció un poco raro, porque un hombre como Jeffries queda muy por debajo de ella en su opinión, pero de todos modos...

—Habrá que investigarlo; eso, y unas cuantas cosas más —dijo James.

Los demás lo miraron expectantes.

—Bueno, es que me parece muy extraño que Harvard decidiera detener a Will en plena noche cuando podría haberse presentado en Challen de día. Su actuación es sospechosa y sugiere que deseaba evitar posibles testigos. Me gustaría saber exactamente cuáles eran sus órdenes.

—El almirante Cranston podría decírnoslo —dijo Marcus—. Harvard mencionó esta mañana que se encuentra bajo su autoridad, aunque me da la impresión de que se ha excedido en sus atribuciones.

—Pero ¿por qué disparó? —intervino Caroline—. Si lo supiéramos...

—Si lo supiéramos, cariño, habríamos resuelto el caso —dijo Marcus sonriendo.

—Pero hay muchas cosas que sí podemos hacer mientras Will se recupera —dijo James—. Tenemos que localizar a algunos de sus compañeros de armas para que puedan dar fe y limpiar su nombre del cargo de traición. Después podemos también intentar averiguar a través de Cranston de dónde partió todo esto. Y yo intentaré encontrar algunos testigos, si los hay, de lo que ocurrió anoche. Sé que es muy poco probable, pero hay que intentarlo. Cuando descubra algo, te lo haré saber —le dijo a Annabella, y en sus ojos hubo un brillo diferente al de la determinación—. ¡Desde luego tendrás que concederle a Will que es único para encontrar un modo distinto de reconciliarse!

Annabella enrojeció. Se había olvidado de la noticia más importante de todas, y se volvió a mirar a su hermana. A pesar de la situación, nada podía empañar la felicidad de su compromiso con Will.

—¡Ay, Liss, no te contaba lo mejor! ¡Will y yo nos prometimos ayer por la tarde!

El anuncio de una boda solía suscitar una corriente de exclamaciones y felicitaciones. En dos ocasiones había declarado su intención de casarse, y en ambas la noticia había caído como una piedra. En la primera, su padre había rabiado, e incluso le había negado el consentimiento hasta que ella le presionó con la mentira de que se había entregado a Francis del modo más íntimo. Y la segunda fue poco mejor, porque nadie dijo nada hasta que Alicia se recompuso y se levantó para besarla.

—Me alegro de que hayáis olvidado vuestras diferencias —le dijo—, pero…

—Ya lo sé —suspiró—. No te parece bien que me prometa a un hombre sospechoso de traición y de intento de asesinato.

—No exactamente…

Pero la puerta se abrió y Alicia guardó silencio.

—Señora St Auby —dijo la señora Frensham—, el mildiu ha arrasado las rosas. He hecho todo lo que he podido, pero no he conseguido salvarlas. Ah, y ese latoso capitán Harvard está aquí otra vez haciendo preguntas. ¡Me está levantando dolor de cabeza! Si no le parece mal, me retiraré a mi habitación.

Harvard estaba ya en la puerta antes de que Frank hubiese podido anunciarle.

—El capitán Harvard desea verla, señora.

Annabella vio la preocupación en el rostro de sus amigos y sintió que se colocaban tras ella en un gesto de silenciosa solidaridad. Ella se levantó y esperó.

—Hágale pasar, por favor, Frank. ¿Ha venido con el mismo coro de anoche?

El capitán debió oír la pregunta porque cuando entró estaba como la grana y parecía enfadado, un enfado que creció al ver quién la acompañaba y reparar especialmente en James, que se acercó a estrecharle la mano. Estaba claro que Harvard no se esperaba ni deseaba tener tanta audiencia.

—Si me disculpan, damas y caballeros, he de hablar en privado con la señora St Auby.

Sus palabras no consiguieron el efecto deseado. Alicia le miró altanera y como él se sintiera incómodo, Annabella aprovechó inmediatamente la situación.

—No tengo secretos para mi hermana, capitán, ni tampoco para mis amigos. Puede hablar libremente.

Estaba claro que el capitán no quería hablar libremente delante de aquellas personas.

—Si fuera usted tan amable de dedicarme unos minutos de su tiempo en privado, señora... —insistió.

Aquella vez fue Alicia quien intervino.

—Por favor, capitán... ya sabe que no estaría bien por mi parte que consintiera en que mi hermana pequeña mantuviese una entrevista a solas con un caballero —dijo, acomodándose en el sillón, y Annabella invitó a sentarse al airado capitán.

—¿Y bien? ¿Ha tenido éxito su búsqueda de sir William Weston?

El capitán tragó saliva.

—No, *madam*. No lo hemos encontrado, y por eso estoy aquí. Anoche no nos informó usted de que está prometida a sir William. Tenemos razones para pensar que está escondido aquí, y tengo un permiso para registrar la casa.

Caroline y Alicia sonrieron a hurtadillas y James se volvió para que no descubrieran en él el mismo gesto. Era obvio que el capitán Harvard estaba interpretando un papel en un melodrama de tercera.

—No es un asunto que deba tomarse a broma, señora...

—¡Desde luego! Y le pido mil disculpas. Pero es que, verá, aquí en el campo tenemos tan pocas cosas con las que distraernos que me temo que nos ha desbordado usted. Tiene mi permiso para registrar hasta quedar satisfecho. Encontrará que el ático está lleno de polvo, pero no se prive. Y también tenemos bodega, que... ¡Ah! Y asegúrese de no olvidarse de los cobertizos de la granja, que al señor Linton no le importará.

Larkswood era una casa relativamente pequeña, pero el capitán estaba decidido a hacer una búsqueda concienzuda, así que tardaron más de tres horas, en las que poco a poco su mal humor fue aumentando a medida que sus hombres avanzaban sin encontrar nada. Tampoco pudo entrevistarse a solas con Annabella porque sus invitados habían iniciado una partida de cartas con ella en el salón.

De la casa pasaron a la granja, donde un furioso Owen Linton, no sin protestar airadamente, les franqueó el paso a todos los edificios. La confianza que Annabella había depositado en él no se vio defraudada porque deliberadamente se olvidó de advertirles del mal carácter del caballo estabulado al fondo. Con unas cuantas coces y mordiscos, la partida de búsqueda salió del edificio para entrar en la vaquería, cuyo suelo estaba desagradablemente resbaladizo. Cubiertos de fango, los marinos se reunieron en el jardín bajo la gélida mirada del capitán, quien no veía el lado jocoso de la situación.

—Ya le dije anoche que todo eran rumores —comentó Annabella cuando el capitán admitió su derrota, quitándole unas cuantas telarañas y pajas de su bonito uniforme—. En esa casa no encontrará a sir William Weston. Haría mejor centrando sus esfuerzos en otra parte.

—Mañana por la mañana me acercaré a presentarle mis respetos al almirante Cranshaw —dijo James desde la puerta del salón y se despidió de Harvard con una inclinación de cabeza—. Quiero enterarme del progreso de sus averiguaciones.

Harvard cambió su peso de un pie al otro. Que su incompetencia se airease ante su inmediato superior era más de lo que podía soportar, pero tampoco podía llevarle la contraria a un hombre de la posición e influencia de James Mullineaux.

—El almirante está en The Old Crown de Faringdon, milord —dijo con tanta corrección como le fue posible—. Espero poder encontrarme allí con usted y aportar noticias positivas sobre la búsqueda.

—Muy bien. En ese caso, no debemos entretenerle más. Por cierto, ¿ha buscado usted en las cuevas de Weathercock Hill? Antes las utilizaban los salteadores de caminos que acechaban a los viajeros desde Lambourn y puede que merezca la pena echar un vistazo.

El capitán asintió y apenas había salido cuando James añadió:

—¡Qué pena que se me haya olvidado advertirle de las ciénagas que va a encontrarse por esa parte! Cada día tengo peor la memoria…

Veintiuno

Era ya tarde cuando Annabella salió de la casa al jardín y tomó el camino hasta la puerta de la granja. Había luna llena y su luz iluminaba el huerto y acentuaba sus sombras. Susan la estaba esperando.

—Sigue teniendo fiebre, señora. Si quiere quedarse con él unas horas, Owen vendrá a pasar la noche a su lado.

—Muy bien. ¿Qué ha pasado con los soldados?

A la luz de la vela la vio sonreír.

—Owen les ha enseñado la granja antes de llevarlos a las cuadras. Había cerrado la puerta no sé cómo, y los convenció de que era una vieja entrada que ya no se usaba y que se había construido una pared de ladrillo por el otro lado. ¡Un chico listo, este Owen! Incluso llegó a darle una patada a la puerta para demostrarlo. No sospecharon nada y sir William ni siquiera se movió. Todo ha salido bien, señora.

Annabella la miró. Era sorprendente la incuestionable lealtad que los criados parecían tener hacia Will Weston. Habían actuado como cómplices sin decir una palabra, lo mismo que James y los demás. Era extraordinario, teniendo en cuenta que Will estaba en busca y captura. Sin embargo, nadie parecía dudar de su inocencia...

—Sir William es un gran hombre —dijo Susan—. Owen dice que siempre ha sido un amo justo y que su padre ya lo era antes que él. Y Frank dice que cualquier amigo de lord Mullineaux debe tener razón, así que a nosotros nos basta, señora —recogió las vendas usadas y la lámpara—. Hay velas junto a la pared, y agua en la jarra. Si se despierta, dele otra cucharada de medicina, y si sube mucho la fiebre, lávelo con agua fría.

La cámara de la granja de Owen estaba pintada de blanco y había en ella una cama improvisada en un rincón, en la parte más baja del tejado. Annabella se arrodilló junto a Will y colocó la ropa de su cama, pero cada vez que lo tapaba, él apartaba la ropa como si la quemazón de la fiebre le empujara a buscar aire fresco. Le ardía la piel. «Lávelo», le había dicho Susan, y tomó la esponja dispuesta a hacerlo. No se consideraba una mojigata, pero ya lo había pasado bastante mal el día anterior vendándole la herida y no estaba segura de poder hacerlo.

Will volvió a quitarse la ropa y su torso desnudo la hipnotizó. Tenía una piel suave y bronceada, que comenzó a lavar con la esponja, animándose al ver que se quedaba quieto al sentir el frescor del agua.

Las sábanas le habían quedado a la altura de las caderas, y Annabella enrojeció al intentar seguir con el baño sin destaparle. Para ser una viuda, se estaba mostrando demasiado recatada, se dijo.

El cambio de Will fue brusco. No hacía frío en aquella pequeña cámara porque la noche estaba templada, pero de pronto comenzó a temblar violentamente, como si todo el calor hubiera abandonado su cuerpo. Annabella le arropó pero no consiguió nada. Temblaba sin control y le castañeteaban los dientes. Por mucho que lo intentara, no conseguía que entrase en calor.

—Tengo mucho frío...

No había abierto los ojos, de modo que no se podía saber si estaba consciente o no, pero su lamento era tan sincero que Annabella se tumbó a su lado y lo abrazó intentando transmitirle calor. Se metió bajo la ropa de la cama e hizo un nido con ella. Apenas pasaron unos minutos y ella estaba casi sudando mientras Will parecía seguir congelado. Sus ropas, que a ella la mantenían caliente, impedían que su calor le llegase a él. Sólo había una solución.

Se levantó, apagó la vela, se desnudo rápidamente y puso el chal sobre la cama. Luego se metió en la cama y se pegó a Will. Se estaba bien así, y Annabella sintió que se quedaba dormida, aunque un instante antes se preguntó qué pensaría Owen cuando acudiera para cuidar de Will, y qué diría la señora Frensham si se daba cuenta de su ausencia.

Al despertar, se encontró acurrucada sobre el brazo sano de Will y con la cabeza apoyada en su hombro. Ya no le ardía la piel, ni daba vueltas y más vueltas en la cama. Era de día. Debían ser más de las siete.

Agotada por la tensión había dormido toda la noche de un tirón. Pero Will parecía estar mejor, y eso era lo importante. Además, como no se había despertado, se ahorraría tener que darle explicaciones. Con sumo cuidado se separó de él, se levantó y recogió el vestido.

—¿Pero qué está pasando aquí?

No le había oído moverse, pero se había incorporado ligeramente y la miraba sorprendido e incrédulo, y Annabella se colocó rápidamente el vestido por delante para tapar su enagua.

—¡No sabía que estabas despierto! ¿Te encuentras mejor?

—Mucho mejor, gracias —contestó. Parecía no entender nada—. Annabella...

—Cuánto me alegro de que la fiebre haya bajado —dijo—. Has pasado un día entero delirando, y temíamos que no pudieses recordar nada..

—Y no recuerdo nada del día de ayer, pero no estoy tan enfermo como para pensar que es la fiebre la que me hace verte sin ropa. ¿Qué está pasando?

—Es que yo... nosotros... —hizo un gesto con el vestido e intentó cubrirse más—. ¡Por favor, Will! ¿Quieres mirar para otro lado mientras me visto?

—Me parece que es un poco tarde para la timidez —contestó, pero volvió la cara y esperó a que se vistiera—. Y ahora —continuó, sujetándola por un brazo—, hazme el favor de explicarme qué estás haciendo aquí y por qué te has pasado la noche en mi cama.

Ella estaba roja como la grana.

—Tenías frío, y no se me ocurrió otro modo de hacerte entrar en calor. ¡Y no me esperaba que recibieras el gesto con tanta ingratitud!

—Lo que debes es dar gracias de que no me haya aprovechado de la situación. Estoy herido, pero algo así tentaría al más santo varón.

Annabella recogió el chal de un tirón.

—¡Me alegro de que estés tan recuperado que hasta puedas estar de mal humor! Le diré a Owen que suba a lavarte. ¡No quiero ofenderte más!

—¡Señora St Auby! —declaraba la señora Frensham, tiesa de ira—. Como dama de compañía, he de hacerle saber mi incomodidad con sus paseos nocturnos. Anoche fui a verla y me encontré con que no estaba usted...

—Y yo le he dicho que había salido a tomar el aire, señora —intervino Susan.

La señora Frensham pasó ruidosamente la página de la revista.

—Tengo enormes deseos de verla casada y que deje de estar bajo mi responsabilidad —dijo como si hablara de una muchacha de dieciséis años—. Su hermana era igual de difícil que usted. ¡Debe ser cosa de la sangre Stansfield!

—Eso me han dicho —contestó Annabella, ocupando su asiento a la mesa del desayuno. Tenía hambre. Ver a Will recuperado le había quitado un enorme peso de encima.

—Sir William se cree recuperado ya —le dijo a

Susan un poco más tarde—. Asegúrate de que Owen no le deje levantarse de la cama en un par de días para que la herida tenga tiempo de cicatrizar. Yo me quedaré aquí para tranquilizar a la señora Frensham y por si vuelve el capitán Harvard.

Al día siguiente, Owen se presentó ante ella.
—Pregunta por usted, señora —le dijo.

Encontró a Will vestido con una vieja chaqueta y unos pantalones que debían ser de Owen y que sin duda habían conocido mejores tiempos. Tenía la barba crecida y aunque seguía estando pálido y se movía con cuidado, parecía tan mejorado que sintió que las lágrimas le picaban en la garganta. Llevaba el pelo aún revuelto, pero su mirada era aguda y sin la nube de la fiebre o el dolor. Tomó su mano y ella supo lo que iba a pasar. Ambos se sentaron en el borde de la cama.

—Ayer no pude agradecerte debidamente todos los cuidados que me has dispensado —dijo con una tímida sonrisa—. Sé que te has ocupado de mí, y ése no es trabajo para una dama. Lo siento...

—¿Que lo sientes? ¡No estoy hecha de algodón, señor!

Tanta formalidad la tenía desconcertada. Aquél

no era el Will Weston que ella conocía; ese hombre la habría llamado a capítulo, quizá, por un comportamiento tan poco convencional, pero no la habría tratado con aquella dolorosa corrección.

—No, pero... —Will frunció el ceño—. Perdóname, pero no puedo recordar nada de lo que pasó esa noche... espero que no me aprovechase de la situación, o que me comportara de un modo impropio.

Parecía tan preocupado que ella rompió a reír.

—¡Qué vergüenza! ¿Pero en qué estás pensando? ¡Estabas enfermo, y lo único que intenté fue que te sintieras mejor!

Will no sonrió, y Annabella empezó a sospechar que era otra cosa lo que le preocupaba.

—Sé que nos hemos comprometido, pero me temo que no podré pedirte en matrimonio mientras mi nombre permanezca en entredicho —dijo a toda prisa.

Annabella se quedó mirándole en silencio hasta que comprendió. Su código del honor simplemente no le permitía casarse con ella si lo único que podía ofrecerle era ignominia.

Se acercó a él y le oyó contener el aliento cuando le besó suavemente en el cuello. Era tremendamente excitante saber que podía hacerle sentir así. Lentamente desató las cintas de su camisa para poder acariciarle el pecho.

—Annabella... —gimió, y se dejó caer sobre las almohadas de la cama.

—No está bien que primero pases la noche conmigo y después cambies de opinión y te niegues a casarte conmigo —le dijo muy seria, aunque sus manos seguían otro camino—. Un caballero nunca haría algo así... insisto en que debes demostrarme tus buenas intenciones.

Will no estaba ni mucho menos tan débil como ella se imaginaba porque tiró de ella sin dudar para que se tumbase junto a él y la besó en la boca apasionadamente.

—¡Basta! —dijo de pronto, incorporándose—. Tengo que pensar y tú tienes que ayudarme, y no distraerme. ¡No ha estado bien, Annabella!

—No querrás que permita que faltes a tu palabra, ¿verdad? —bromeó.

—No —contestó despacio—. Qué bien me comprendes ya. Te quiero, y deseo casarme contigo tan pronto como pueda.

—Eso no importa, porque tu nombre quedará limpio en breve, ya lo verás. Anda, comamos algo —dijo, alcanzando la cesta de la comida—. Susan nos ha preparado un maravilloso desayuno. Tengo tanta hambre... —añadió, estirándose con lujuria.

—¡Eres perversa! —dijo él, y tomó un bocado de los rollitos de miel que había preparado Susan.

Comió y bebió leche recién ordeñada de las vacas de Owen hasta quedar saciado.

—¡Ah, qué maravilla! —exclamó, apoyándose contra la pared—. Ahora, tienes que contarme todo lo que ha ocurrido en estos últimos tres días. Necesito encajarlo todo.

Annabella le relató la visita del capitán Harvard y la de James, Alicia y los Kilgaren.

—James iba a investigar lo ocurrido y dijo que se pondría en contacto cuando tuviese alguna información —añadió—. ¿No crees que podría tratarse de un lamentable error? ¡No he dejado de darle vueltas y no consigo encontrarle sentido alguno!

Will suspiró.

—Ojalá fuese tan fácil de explicar. A mí también me gustaría que se tratase de un malentendido, pero sé bien lo que pasó aquella noche, Annabella. Harvard estaba decidido a matarme. No sé por qué, pero sí se que fue así.

—Cuando vino aquí, traía consigo todo un destacamento —dijo Annabella—, y sin embargo, tú me dijiste que en el camino sólo estaban ellos dos.

Will la miraba muy atento.

—No lo había pensado, pero es cierto. Y sospechoso. Ahora que lo pienso, oí al destacamento acercarse por el camino justo después de llegar a las tierras de Larkswood. Sería interesante saber qué órdenes habían recibido. Imagino que pretendían presentarles mi cadáver y decirles que habían intentado arrestarme mientras llegaban los refuerzos y que yo había intentado abrirme paso a tiros.

Annabella se estremeció.

—¿Quieres decir que Harvard no quería tener audiencia? ¡Pero Will, eso es horrible! ¿Qué podemos hacer?

—Ir a Oxenham en cuanto James nos llame. Esta casa ya está bajo sospecha, y a lo mejor allí podemos desenredar la madeja. ¿Está listo tu carruaje?

—Sí. Frank lo tiene todo preparado, pero es casi una carreta y no tendrás donde esconderte.

Annabella se sintió de pronto llena de melancolía y de dudas. Si no conseguían limpiar el nombre de Will...

—Recuerda que te quiero —le susurró él, abrazándola—. Eres una mujer inteligente, valiente y hermosa, y te adoro de pies a cabeza, no sólo por el exterior. Veamos: esto es lo que vamos a hacer...

Pasaron el resto del día jugando al ajedrez para matar el tiempo y al llegar la noche se presentó Owen para decirles que el capitán Harvard había dispuesto una patrulla de vigilancia para la casa.

—Buenos días, capitán.

Annabella, con un sombrero de paja en la cabeza y un chal sobre los hombros, salió de la casa a recibir al capitán. Era casi inevitable que se materializase en cuanto el carruaje fuera aparcado ante la casa. Su mirada fría la examinó de pies a cabeza, luego miró a Susan, que llevaba una maleta grande y por último a la señora Frensham, que estaba dándole instrucciones a Frank para que fuese cuidadoso con su equipaje y no se había dado cuenta del montón de hombres que se acercaban por el camino. Cuando por fin se volvió y se encontró con la gélida mirada del capitán, retrocedió asustada.

—¡Oh! ¡Me ha asustado, señor! ¿Qué está pasando?

Annabella tomó su brazo.

—Es el capitán Harvard, Emmy. Supongo que te acordarás de él.

—¡Recuerdo que este caballero se ha presentado ya dos veces para hacer extrañas acusaciones a altas horas de la noche!

—Lamento haberla incomodado, señora —dijo, inclinándose ante ella—. Sólo cumplo con mi deber.

—¿Sigue persiguiendo fantasmas, capitán? —bromeó Annabella—. Está perdiendo el tiempo con nosotros. Pero si no tiene nada mejor que hacer...

Harvard no respondió a la provocación.

—¿Se marcha, señora?

—Ya lo ve usted —contestó, volviéndose hacia Frank, que seguía cargando equipaje—. Una visita a mi familia. Hacía tiempo que lo teníamos planeado. Nada excitante...

Y miró fijamente al capitán.

Harvard también observaba cómo se cargaba el equipaje. Era obvio que nada, o nadie, podía ocultarse en el carro porque no había sitio.

—Sir William Weston... —empezó.

—Como usted ve no va escondido entre mis ropas —dijo Annabella, sonriendo—, ni se ha disfrazado para pasar por mi doncella o mi dama de compañía.

Harvard perdió los estribos y agarró a Annabella por un brazo.

—¡No confío en usted, señora! Tengo la impresión de que me oculta algo.

—¡Suélteme inmediatamente! —le gritó—. ¡No voy a consentirle semejante comportamiento! ¡Su comandante se enterará de esto!

Las palabras quedaron ahogadas por el ruido del carro de Owen Linton que salía de la granja cargado de verduras de camino al mercado. Harvard soltó el brazo de Annabella y se abalanzó hacia el carro.

—¡Deténgase! —ordenó—. ¡Soldado, busquen ahí! ¡Empleen las bayonetas! ¡Ahí es donde se ha escondido!

Susan contuvo la risa al ver cómo los marineros pinchaban repollos descontroladamente. Pero Owen no se rió. Estaba indignado al ver rodar sus productos por el suelo. Dos soldados lo sujetaron por los brazos, pero él no dejaba de gritar y maldecir. Y por supuesto, no había nadie bajo las hortalizas. Cuando el carro quedó vacío, Harvard enrojeció.

—Bien —dijo Annabella—, nos vamos, capitán. Confío en que indemnice al señor Linton por haber destrozado su cosecha. ¡Con un poco de suerte, puede que le deje llevarse algunas de las hortalizas menos dañadas para cenar! Buenos días.

Harvard les vio alejarse antes de ordenar a sus hombres de mala gana que ayudase a Owen a recoger su carga. Unas cuantas fincas más allá, los vaqueros estaban conduciendo a los animales hacia los pastos, y nadie vio a una figura que abandonó el flanco de las vacas, avanzó junto a los arbustos y desapareció en dirección a Oxenham.

Veintidós

—¡Ha sido fantástico! —decía Annabella varias horas más tarde, secándose los ojos—. Allí estaba Owen, rojo de ira, y la señora Frensham murmurando entre dientes contra el capitán, que debía haber perdido el juicio, mientras los repollos rodaban por todas partes... Además, siempre había deseado decir eso de quíteme las manos de encima. ¡Es tan teatral!

—Pobre Harvard —dijo James fingiendo compasión—. ¡Debía presentir que se le estaba escapando algo! Tienes talento para la interpretación, Annabella.

—Bueno, si necesito ganarme la vida, siempre podría subirme a un escenario.

—¿Mejor que abrir una confitería? —murmuró Will con una mirada inquisitiva—. ¿O quizá te conformarías con una empresa más pequeña, como tener un marido y familia?

Annabella sonrió.

—Yo diría que ésa es una empresa mayor. Pero la idea la has tenido tú, no lo olvides. ¿Qué tal te fue con las vacas?

—Fueron muy amables conmigo. ¿Y ahora qué hacemos?

Estaban todos reunidos en la biblioteca de Oxenham: James, Alicia, Caroline y Marcus, y Annabella y Will. Alicia había echado las cortinas para evitar miradas curiosas y estaban todos en círculo frente al fuego.

Lo primero que Will había encontrado dificultades para explicar era el ataque injustificado de Harvard, y su decisión de encontrarle y darle muerte. Will se sentía en la obligación de convencer a sus amigos de su inocencia, a pesar de que nadie había dicho nada que pudiera interpretarse como desconfianza, y poco a poco, la tensión fue pasando.

—Más te vale que seas inocente, William, porque llevo dos días dándole coba a ese viejo estafermo de Cranshaw por cuenta tuya, y Marcus ha tenido que irse a Portsmouth, la ciudad que más odia en todo el país. ¡Será mejor que ahora no nos digas que todo ha sido un error y que estás pensando en entregarte!

Hubo un instante de silencio y luego todos se echaron a reír.

—Siento que hayas tenido que sacarle la información a Cranshaw, James —dijo Will—. ¡Ese hombre es más insoportable que una encalmada!

—Al principio fue muy reticente, pero cuando le vimos el fondo a la segunda botella, se volvió mucho más locuaz.

—¡James! —Alicia intentaba parecer escandalizada—. Espero que no emborracharas al pobre almirante Cranshaw para sacarle información.

James sonrió sin pizca de arrepentimiento.

—¡Todo vale en el amor y en la guerra, y ahora mismo estamos en guerra!

—¿Y bien? —le invitó Alicia.

—Bueno... —James se sentó cómodamente y estiró las piernas—, Cranshaw me dijo que alguien en el almirantazgo... por desgracia no estaba lo bastante borracho para darme su nombre, había estado despertando los viejos rumores acerca de Will, y en el almirantazgo habían decidido, mayormente por exonerar a Will, invitarle a presentarse ante ellos para responder del cargo, pero todo ello de un modo muy caballeroso, sin arrestos ni cosas así. Harvard es el hombre que eligieron para hacer el trabajo. Y ahora es el punto en el que la historia se vuelve particularmente interesante. Según Cranshaw, Harvard se opuso vehementemente al plan. Decía que esos rumores no tenían nada de verdad, y que Will no debía comparecer para defenderse de semejantes patrañas.

—Y sin embargo —continuó Marcus—, unos cuantos días más tarde, intenta asesinarle de un disparo ante un solo testigo que, por supuesto, va a apoyarle. Primero fallan, y luego intentan darle caza para matarle... ¡no encaja con la defensa de la inocencia de Will ante el almirantazgo!

—¡No tiene ningún sentido! —exclamó Caroline.

—La cabeza me da vueltas —dijo Alicia, poniendo voz a lo que pensaban todos—. Es como si me estuviera mirando en un espejo que lo refleja todo del revés.

—¡Todo del revés! —repitió Marcus, excitado—. ¡Pues claro! ¡Hay una teoría que puede tener sentido!

Todos esperaron.

—Suponed por un momento que los rumores son ciertos —todos contuvieron el aliento—. No quiero decir que sean ciertos respecto a Will, ¡y no me mires así! —le dijo a Annabella, en cuyos ojos había empezado a brillar una luz combativa—. Pero supongamos que hay un gramo de verdad en ellos. A veces es eso lo que ocurre con los rumores y los escándalos, que se originan en un hecho cuyos detalles se oscurecen.

—Supongo que quieres decir que los rumores son ciertos pero sin que sea Will el protagonista —dijo Annabella.

Marcus se inclinó hacia delante.

—Exacto. Lo que quiero decir es que podría ser que hayamos estado analizando este asunto desde un punto de partida incorrecto. O del revés, como decía Alicia. Hemos asumido que los rumores son falsos porque sabemos que Will no abandonó el campo de batalla como se dice que hizo, pero ¿y si es cierto que un capitán de la armada dio media vuelta en plena batalla y dejó a sus compañeros peleando solos? ¿Y si ese capitán no fue Will Weston, sino Charles Harvard?

—Y Harvard —añadió James— sabe lo que ha hecho; sabe que estaba a salvo mientras los rumores acusaran a Will, y sabe que una investigación le exoneraría y volvería el dedo acusador contra él.

—Por eso —continuó Marcus—, intenta eliminar primero a Will: ¡para evitar que se sepa la verdad!

Hubo un silencio.

—¡Marcus, qué idea más espléndida! —exclamó Caroline.

Marcus sonrió con modestia.

—Es buena, ¿verdad? Pero lo que no sabemos es si es cierta o no lo es.

—¿Tú crees que podría serlo, Will? —preguntó Alicia—. ¿Podría confundirse un barco con otro en el fragor de la batalla? Al fin y al cabo, nosotros no tenemos ni idea de cómo se desarrolla un combate naval.

Will había estado escuchando atentamente la teoría de Marcus, con una postura relajada pero atenta, aunque una luz había empezado a arder en sus ojos azules al escuchar la sugerencia de la culpabilidad de Harvard. En aquel momento dejó su copa y se levantó.

—Sí, es posible —dijo despacio—, pero poco probable —concluyó, y todos suspiraron con desilusión—. Incluso en un combate naval en el que estás concentrado en la posición de tu propio navío y el del enemigo, con todo el humo que se genera, el ruido y la confusión, un buen capitán está también al tanto de los movimientos tácticos de la flota. Si un barco de la línea virase y abandonase la acción, todo el mundo se daría cuenta.

Volvió a sentarse y tomó la mano de Annabella, consciente de que su rostro se había iluminado de esperanza ante aquella posibilidad, y se había desilusionado un momento después.

—Pero ésa es la cuestión —dijo un instante

más tarde—. ¡Alguien vio algo sospechoso, y de ahí partieron los rumores! Puede que no fuera algo concluyente, como un barco que se aleja del campo de batalla, porque eso habría conducido sin duda al capitán ante un consejo de guerra, sino algo extraño, cuestionable...

—Eres muy ardiente en mi defensa, cariño —dijo Will con una sonrisa—. Créeme, que si pudiera hacer que los hechos encajaran... ¿Y qué hay de la tripulación de Harvard? ¡Ellos se habrían dado cuenta si hubiese abandonado la batalla!

—No necesariamente —contestó Annabella—. Hace poco leí en el periódico que un barco había desembarcado en Lundy Island cuando la tripulación estaba convencida de que estaban en Cornwall. ¡Casi no creyeron al farero que los rescató cuando se lo dijo! ¡Puede que la tripulación de Harvard no supiera con exactitud dónde estaban!

—No sabía que te interesaran tanto los asuntos navales, Annabella —bromeó Alicia, y su hermana enrojeció.

—Me gustaría creerte —comentó Will con escepticismo—, pero...

No terminó la frase.

—¿Qué? —inquirió James—. ¿Te has acordado de algo, Will?

—Puede que no sea nada, pero Harvard y yo

estábamos juntos en la línea de combate. Hacia el final, cuando estaba ya claro que todo se había perdido, acudí en ayuda de Bellepheron, que estaba bajo fuego enemigo. Harvard rompió la línea casi al mismo tiempo. Yo no vi adónde se dirigía, porque había mucho humo y algo de niebla, pero asumí que había acudido al rescate de otro navío igual que yo. Eso es lo que dijo que había hecho.

—Entonces, el capitán del Bellepheron podría exonerarte, ¿no? —propuso Annabella, pero la mirada triste de Will le dio la respuesta.

—Dunphy murió y su barco se hundió.

Sus palabras fueron seguidas de un denso silencio.

—Entonces, seguro que sabemos qué barco dijo Harvard que había acudido a socorrer —dedujo Caroline—. Apuesto lo que queráis a que perdió los nervios y salió huyendo, y que más tarde declaró haber acudido en respuesta a la llamada de otro barco.

—Y luego, cuando se entera de que circulan rumores sobre que un barco rompió la línea, teme que pueda ser identificado como el infractor, así que decide culparte a ti, Will —continuó Marcus—. Cambia vuestros papeles. Es más, estoy seguro de que él ha sido el primero en promover el escándalo, sutilmente por supuesto. Como no se podía probar nada y el capitán del Bellepheron no estaba vivo para poder defenderse, nadie podía identificarle a él como el verdadero desertor. Y siempre y cuando tú seas el sospechoso, él estará a salvo.

—Es una buena teoría —admitió Will un poco a regañadientes—, pero no podremos probarla.

—¿Crees que podríamos conseguir que Harvard se implicase a sí mismo, quizá? —sugirió Caroline.

—Una trampa... —Marcus y James se miraron el uno al otro—. Quizá, si pudiésemos tentarle con la posibilidad de que Will está aquí...

—¡No! —espetó Annabella, aferrándose a la manga de Will—. ¡Es demasiado peligroso! Harvard no confía en nosotros y sospechará... ¡es demasiado arriesgado!

—Me temo que tienes razón, Annabella —dijo Will, dándole una palmada en la mano—. Harvard podría presentir la trampa si me ponéis a mí como cebo. No, tiene que haber otro modo, aunque no soy capaz de encontrarlo en este momento.

—¿Recuerdas qué barco dijo Harvard que había salvado? —preguntó Annabella, decidida a agotar todas las posibilidades—. Si pudiéramos hablar con su capitán...

—Era Dowland, el capitán del Détente —dijo Will—, pero está navegando desde el catorce...

—se interrumpió al ver la mirada de triunfo que habían intercambiado Marcus y James—. ¿Qué pasa? ¿Qué he dicho?

—Que Dowland no está embarcado. Te equivocas —dijo Marcus—. Está en Portsmouth. ¡Lo sé porque le vi ayer!

Aquella buena noticia requería otra copa de coñac, y James las sirvió. El ambiente de la habitación se había aliviado considerablemente.

—¿Por qué Dowland no ha dicho nunca nada? —preguntó Caroline—. Si nuestra teoría es correcta, debería haber denunciado la traición de Harvard.

—No olvides, Caro, que Dowland no debe saber lo que declaró Harvard. Inmediatamente después de Champlain, Dowland recibió el mando de otro buque y partió para las Indias. El resto de nosotros estuvimos estacionados en Canadá hasta el final de las hostilidades. Hasta ahora, sin duda nadie ha hecho las preguntas adecuadas.

—Ni siquiera yo, que le vi ayer —se lamentó Marcus—. Pero lo que sí le pregunté es si iba a venir a Oxenham, y me dijo que sí, que vendría en cuanto pudiera. A lo mejor puede ayudarnos. ¡Llega mañana!

—Bueno, James, ¿tienes alguna otra sospecha que contarnos? —preguntó Will. Parecía estar completamente recuperado con la noticia.

James sonrió.

—Sólo una. He estado intentando encontrar un testigo de los actos de Harvard en la noche en que te disparó, Will. ¡Y contra todo lo que cabía esperar, lo he encontrado!

La noticia era maravillosa.

—¿Pero quién demonios podía estar deambulando por los caminos a esas horas de la noche? —se maravilló Annabella.

—¿Entonces no eres tú, amor mío? —bromeó Will.

James se echó a reír.

—Te va a encantar la ironía de todo esto —se rió James—. ¿Te acuerdas de que andabas tras un furtivo? Pues anoche lo hemos pillado. Y la semana pasada, estaba cerca de Larkswood... ¡Así que fue una suerte que no le pillaras la noche que te encontraste con Annabella!

Veintitrés

—¡Annabella!

Estaba todavía dormida cuando alguien llamó a su puerta. Las luces de la biblioteca habían permanecido encendidas hasta tarde y no había vuelto a ver a Will. Alicia, Caroline y ella habían estado charlando con Amy Weston, la señora Frensham y lady Stansfield, todas intentando dar la sensación de que no ocurría nada fuera de lo normal. Amy no sospechó nada, pero lady Stansfield, con su aguda percepción, sí que notó la tensión de sus nietas, pero no dijo nada.

—¡Annabella! —volvieron a llamar con insistencia, aunque en voz baja. Se levantó a abrir. La luz empezaba a clarear, pero era aún muy temprano.

—¿Quién es?

—Soy yo. Alicia.

Su hermana entró seguida de Caroline Kilgaren. Ambas iban completamente vestidas y sonreían llenas de excitación.

—¿Pero qué...

Alicia la hizo callar y Caroline cerró la puerta con exagerada precaución.

—Vamos a ayudarte a que te vistas para tu boda —anunció Alicia, brillándole los ojos—. Will habría venido a pedírtelo él mismo, pero James y Marcus no le dejan salir de su habitación por si alguien lo ve. ¡Pero él dice que si te niegas, vendrá a buscarte como sea! Me ha dado un mensaje para ti —frunció el ceño ligeramente intentando recordar las palabras exactas—. Que te había dicho que se casaría contigo en cuanto le fuera posible, y que ese momento ha llegado. ¿Quieres casarte con Will?

Annabella tenía los ojos llenos de lágrimas.

—Creo que te quiere muchísimo —dijo—. Caroline y yo hemos estado hablando de ello y las dos pensamos que deberías casarte con él.

Esas palabras de su hermana la hicieron romper a reír, pero ver el vestido plata y oro que Caroline había llevado para la ocasión, el mismo que había vestido en el baile de Mundell, estuvo a punto de sumirla de nuevo en lágrimas. Las dos mujeres trabajaron en silencio, ayudándola a vestirse y peinando su cabello en una elegante cascada de bucles dorados. Al final Alicia retrocedió un paso y suspiró.

—¡Estás preciosa, hermanita! —dijo con un nudo en la garganta—. Te he traído —dijo, mostrándole un viejo joyero— los diamantes de la familia Stansfield. ¡Es la ocasión más propicia para que vuelvan a salir de su caja! —abrazó a su hermana—. La abuela me los ha dado expresamente para ti. Estará aquí dentro de un momento, porque dice que ya tuvo bastante con perderse mi boda con James.

Colocó el collar en el cuello de su hermana y las piedras se iluminaron con su suave resplandor.

La capilla de Oxenham llevaba muchos años en desuso, y el viejo sacerdote estaba retirado en una casita de campo, pero había accedido al ruego de James para que acudiera a oficiar las nupcias de su cuñada. Allí, con dos velas ardiendo en el altar, Will Weston tomó a Annabella St Auby por esposa.

En el último minuto, cuando descendían por la escalera, Annabella se había agarrado al brazo de su hermana.

—Ay, Liss, ¿no te parece que esto es peligroso?

—Pues no, la verdad. El matrimonio a veces puede ser difícil, pero no peligroso precisamente...

—No, mujer. Me refiero a la ceremonia. Si alguien anda por aquí...

—Eso es cierto, pero si Will está dispuesto a correr ese riesgo por ti, Annabella...

—Lo sé, pero imagina que se presenta Harvard.

—¡Que no estamos en la edad media, Annabella! Ésta es una casa particular y dudo que ni siquiera el capitán Harvard se arriesgara a perderlo todo intentando violentarla.

Hubo un momento de silencio y Annabella volvió a pararse.

—Liss...

—¿Sí?

Alicia parecía bastante irritada.

—¿Cómo vamos a poder casarnos si no se han leído las amonestaciones?

—Pues porque Will solicitó un permiso especial. Creo que lo tiene hace tiempo.

—Ah... Supongo que dio por sentado que accedería a casarme con él...

—¡Pues sí! Y no se equivocaba, ¿verdad?

Y ahora estaban siendo declarados marido y mujer, y el sacerdote, con su carita arrugada y una sonrisa, estaba otorgándoles sus bendiciones. Detrás de ellos, Alicia y James se miraban embobados, y Caroline y Marcus se daban la mano; incluso lady Stansfield tenía un aire melancólico. Annabella se puso de puntillas para besar a su marido.

—Por fin has recuperado Larkswood —bromeó, y él sonrió.

Lady Stansfield, intentando no bostezar por lo temprano de la hora, besó a su nieta y a su nuevo nieto y luego Alicia y Caroline acompañaron a Annabella a su habitación para que se quitara el vestido de novia.

—Bueno, ¿y ahora qué hago? Deben ser sólo las nueve, pero supongo que debería vestirme, ¿no?

—¿Por qué no te acuestas otro ratito? —sugirió Caroline con un brillito en la mirada—. Ayer tuviste un día muy duro y a Will le han prescrito descanso, pero a lo mejor podríais tomar el desayuno juntos aquí.

Rechazó uno de los camisones de Annabella de algodón y cuello alto y escogió uno de los preciosos modelos de gasa de Alicia que, en opinión de Annabella, revelaba más que tapaba.

—Pero... —comenzó, más colorada que un tomate—, ¿no os parece poco práctico para desayunar? Yo preferiría algo más modesto...

Caroline miró a Alicia y fue ésta quien contestó:

—Sólo vais a estar Will y tú, y este camisón lleva una bata a juego. Ten...

La bata no escondía mucho más que el camisón, pensó Annabella, pero se la puso. Se sentía de pronto muy nerviosa. Había deseado que llegase aquel momento, pero ahora tenía miedo. Su experiencia con Francis no había sido precisamente placentera, y a pesar de la concupiscencia de los besos de Will, nada inducía a pensar que las cosas pudieran ser muy diferentes con él... tanto se asustó que cuando Will llegó al dormitorio, unos quince minutos más tarde, se encontró con que su novia se había metido en la cama y le miraba con un nerviosismo tremendo.

Will sonrió y, con una botella de champán que llevaba y dos copas, se acomodó en el borde de la cama como si fuese la cosa más natural del mundo.

Sirvió y alzó su copa a modo de brindis. Las burbujas le hacían cosquillas en la nariz y le miraba desconfiada por encima del borde y con las ropas de la cama subidas hasta el cuello.

Además del champán, Will había llevado rollitos de canela aún calientes del horno. Annabella se sorprendió al descubrir que tenía hambre y comió y bebió hasta que por fin dejó la copa sobre la mesilla. Will bostezó de pronto.

—Dios, qué cansado estoy aún. Me duele el hombro. Te importaría que... que descansase un rato?

Annabella se sintió culpable.

—¡Ah, tu hombro! Casi se me había olvidado. Por supuesto...

Y se dio la vuelta avergonzada mientras él se quitaba cansadamente la ropa, se metía en la cama y apagaba la vela. Hubo un momento de silencio y Will volvió a suspirar.

—Annabella, oye... ¿te importaría que me acercase a ti? Es que tengo un poco de frío.

La verdad es que parecía muy cansado y Annabella se reprochó por no pesar más que en sí misma, cuando Will estaba demasiado cansado para preocuparse por otra cosa que no fuera su malestar. El camisón no tenía ninguna importancia. No iba a verlo, y al menos serviría de barrera entre ambos...

Will se acercó, pero contrariamente a lo que había dicho, su cuerpo desprendía mucho calor. Sentía su pecho pegado a su espalda, los muslos rozándose, la caricia de sus labios en el cuello. Pasó su brazo sano por encima de ella y se acomodó con un suspiro.

Pero a Annabella le estaba resultando imposible descansar. No podía dejar de notar todo su cuerpo, ni tampoco las inconvenientes demandas del propio. Tenía la boca seca y no eran los nervios lo que le habían acelerado la respiración. Cuando más intentaba pensar en otra cosa, más se obsesionaba. Se le imaginaba apartando su melena y quitándole el camisón para sentir su piel desnuda, sin darse cuenta, dejó escapar un gemido.

—¿Qué ocurre, Annabella?

Ella intentó separarse, pero él la retuvo, y una deliciosa sensación de anticipación se le coló en la boca del estómago. Los nervios habían desaparecido e intentaba por todos los medios disimular su estado, ya que lo que Will necesitaba era descansar.

Pero él se apartó y tiró suavemente de ella. Annabella abrió los ojos y lo encontró apoyado en un codo, mirándola. La habitación estaba a oscuras y no podía discernir su expresión mientras, distraídamente, enredaba uno de sus bucles en un dedo. Annabella intentó no pensar en los temblores que su leve caricia le estaban provocando.

—Lo siento mucho —le dijo precipitadamente—. Sé que estás cansado, pero no puedo dormir. A lo mejor si leyera un rato, o si me levanto y me visto...

Pero él cortó la sarta de tonterías con un beso. Estaba indefensa ante el deseo que ardía en su cuerpo, y él prolongó el beso hasta que Annabella a punto estuvo de rogarle que siguiera, apretándose contra él con abandono.

Fue entonces cuando se dio cuenta de lo erótico que podía ser el camisón prestado, porque se abrochaba por delante con una fila de botones que Will estaba empezando a desabrochar con una endemoniada lentitud. Sus labios fueron acariciando su cuello y bajando en vertical por donde el camisón se abría tentadoramente, hasta alcanzar el valle entre sus senos y luego sus pezones desbordantes de sensibilidad. Annabella se retorcía debajo de él, empujándole con fuerza, pero él se resistía.

—No, no, amor mío... he esperado tanto tiempo este momento que no pienso darme prisa.

Y ella hundió las manos en su pelo mientras él seguía con la devastadora provocación de sus labios. El camisón cayó por fin de sus hombros, dejándola desnuda hasta la cintura, y Will abandonó por fin sus pechos para seguir avanzando hacia abajo, desabrochando cada botón, acompañando cada movimiento de sus manos con las caricias de sus labios. Annabella se arqueaba, desesperada de necesidad. Will la hizo girarse para que quedara de espaldas a él, igual que cuando habían comenzado, pero aquella vez Annabella sintió la dureza de su erección contra la curva de sus nalgas y dejó escapar un leve gemido. El camisón seguía enredado en sus caderas, de un modo que resultaba tremendamente estimulante, hasta que Will desabrochó los últimos botones y lo hizo desaparecer.

Interpuso su pierna entre las de ella y sintió la caricia de su mano en la cara interior del muslo. Annabella tenía los ojos abiertos de par en par, dejándose llevar por el inimaginable placer de las caricias de Will, y cuando se volvió boca arriba él se apoderó de su boca en un beso profundo y desbocado. Y cuando se decidió a poner fin a la espera, tomándola con una dulzura fiera, Annabella no pensó en el pasado, sino en la exquisita satisfacción del presente.

Más tarde, tumbada entre sábanas revueltas, con la vela encendida y el champán agotado, miró acusadora a su marido.

—¡Y yo que pensaba que estabas cansado, y me estaba tomando todas las molestias del mundo para no incomodarte...

Con un movimiento del brazo, Will apartó la sábana para contemplar su cuerpo desnudo.

—Desafío al más pintado a no dejarse llevar por este cuerpo —dijo él, impidiendo que se tapara—. Y si estaba un poquito menos cansado de lo que tú te imaginabas, es que... ¡No! —insistió cuando ella quiso volver a tirar de la sábana—. Antes no me has dejado verte, y ahora quiero verlo todo.

Annabella se estremeció y con cuidado, le acarició el hombro.

—Pero el brazo... ¿no deberías descansar?

—El médico me ha dicho que debo pasar un tiempo más en la cama —contestó él con la sombra de una sonrisa en los labios—, y tenemos todo un día por delante hasta que pongamos nuestros planes en práctica mañana por la noche, de modo que pretendo seguir al pie de la letra el consejo de mi médico...

Charles Harvard estaba incómodo en el elegante comedor del marqués de Mullineaux. No era ni la grandeza de la compañía o de la casa lo que le tenía deslumbrado, sino la incómoda sensación de haber entrado en la guarida del león. En un principio, cuando el almirante Cranshaw y él recibieron su invitación para cenar, le había rogado a su superior que le excusara aduciendo que su deber entraba en conflicto con aquella invitación. Cranshaw le había dicho que eso era una ridiculez.

—No podemos permitirnos ofender a un hombre tan influyente como James Mullineaux —murmuró, tras tomar un bocado de su desayuno—. Además, Mullineaux es un hombre muy respetable, que aunque sea amigo de Will Weston, nunca haría nada que pudiera perjudicar el curso de una investigación. ¡Si él mismo es juez de paz! ¡Yo habría dicho que un joven oficial ambicioso como usted no desaprovecharía la oportunidad de ampliar su círculo!

De modo que no le había quedado más remedio que asistir. Lo habían sentado al lado de lady Stansfield, una falta de amabilidad por parte de su anfitriona que no podía igualarse.

La condesa lo había mirado de arriba abajo con evidente desaprobación y luego le había preguntado:

—¿Harvard? ¿De los Harvard de Yorkshire?

Era imposible predecir por su tono si sería bueno o malo reconocer parentesco con esos desconocidos de Yorkshire, de modo que el capitán le había explicado que él pertenecía a la rama de Sussex de la familia. Lady Stansfield no hizo ningún comentario. Cuando degustaban ya el delicioso rodaballo relleno de espinacas que había seguido a la sopa, Harvard comenzó a relajarse mínimamente. Lady Stansfield volvió a hablar.

—¿Ha hecho usted algún progreso con su descabellada cacería, capitán?

Antes de que el pobre Harvard hubiera podido pensar qué responder, Alicia intervino desde un poco más allá.

—Abuela, no es apropiado que le preguntes al

bueno del capitán Harvard sobre su trabajo mientras estamos cenando.

—Estoy de acuerdo —dijo James con una descarada falta de tacto—. Estoy seguro de que el capitán no desea que se le recuerde su fracaso.

Harvard enrojeció.

—¿Ha visto usted el Regent's Pavilion en Brighton?

—Sí, señora, y lo he encontrado muy interesante —se arriesgó.

—¡Es una monstruosidad! ¡Un carbunco! —explotó lady Stansfield con la boca llena de espinacas. «Una mierda», creyó oírle añadir, pero no podía estar seguro.

Sentada aún más allá en la mesa, Annabella observaba cómo su abuela le tendía el cebo. Ver a Harvard sabiendo lo que había intentado hacerle a su marido era una verdadera tortura para ella, pero comprendía que era necesario mantener la cabeza fría para atrapar a aquel asesino.

Marcus charlaba con el almirante Cranshaw, quien estaba de un excelente buen humor. Su copa se iba llenando una y otra vez, y una excelente carne siguió al rodaballo.

—Tengo entendido que John Dowland está otra vez en tierra —estaba diciendo.

—Ah. Así que ha vuelto, ¿eh? Un hombre muy sensato, sí señor. ¡Y un cazador de primera! —

tomó un sorbo de vino—. ¿Ha oído eso, Harvard? ¡Dowland ha vuelto! Debe hacer más de dos años que se vieron por última vez, ¿no?

El tenedor de Harvard cayó al suelo y cuando un criado se agachó a recogerlo, le reprendió por ello. Se había quedado muy pálido.

—No es de buena educación regañar a la servidumbre —dijo lady Stansfield—. No lo es.

—¿Está seguro, milord?

Se dirigía a Marcus Kilgaren, que parecía muy sorprendido.

—Pues sí. Me lo dijo Will Weston unos cuantos días antes de desaparecer. Lo recuerdo porque Will me dijo que quería ir a Portsmouth a verse con él.

Harvard estaba ya casi de pie cuando se dio cuenta de que todos lo miraban y volvió a sentarse.

—¡Qué comportamiento tan extraño! —observó lady Stansfield.

Cranshaw, con el rostro tan rojo como el vino que estaba consumiendo, no parecía darse cuenta de nada.

—Ese Dowland era un buen capitán —decía—. Debió ser en el lago Champlain donde lo vio por última vez, ¿no, Charles? El suyo fue el único navío que los americanos no pudieron llevarse por delante, aparte del suyo y del de Weston.

—Así es, señor —contestó envarado.

—En ese caso, recordará bien la batalla de Champlain —comentó James—. Debe de ser muy interesante hablar con él...

—¡Un tipo excelente! —corroboró Cranshaw entusiasmado—. Claro que lleva lejos mucho tiempo. Después de lo de Champlain lo enviaron a las indias occidentales... ¿y dice que está en Portsmouth, Kilgaren? Le sentará bien poner los pies en tierra. ¿Qué pasa, Harvard? —Cranshaw había enrojecido todavía más de irritación al ver que su oficial se levantaba—. ¡La cena aún no ha terminado!

—Quizá el capitán lleva demasiado tiempo embarcado —comentó Annabella *sotto voce*—. En tierra, son las damas quienes se retiran primero.

Hubo una risa generalizada.

—¡Más tarde, hombre, más tarde! —le dijo Cranshaw, que no estaba dispuesto a perderse el postre—. ¡Se está comportando usted de un modo muy extraño esta noche!

Harvard renunció de nuevo, pero no habían terminado aún con él.

—Hoy mi mayoral me ha contado una historia extraordinaria —dijo James mirando brevemente a Alicia—. Al parecer, anoche detuvo a un cazador furtivo, un hombre de Challen, que andaba por los límites de las tierras de sir Dunstan Groat. Y ese rufián le contó una historia que a lo mejor le interesa, Cranshaw.

El almirante gruñó con un bocado de pudding en la boca. Harvard estaba ya como la cera.

—Parece ser que andaba fuera la noche que Will Weston desapareció —continuó James—, y dice tener cierta información que puede ser interesante. He prometido ir mañana a oír lo que tenga que decir.

Harvard se llevó la copa de vino a los labios, y varias gotas cayeron en el mantel.

—Si tiene alguna información que pueda ser relevante al caso que estudiamos —dijo con voz ahogada—, debería acudir a nosotros.

Hubo un repentino silencio. James, que había estado sirviendo el postre a Annabella, se volvió a mirar a Harvard.

—Mi querido capitán —dijo—, ¡se le detuvo armado y con uno de mis ciervos! ¡Ha cometido un delito grave! Pero estaré encantado de que el almirante me acompañe si desea escuchar lo que tenga que contarnos.

—¡No! —exclamó sin poder contenerse—. Eh... lo que quiero decir es que un delincuente semejante no puede ser un testigo a tener en cuenta.

—¡Tonterías, Harvard! —cortó Cranshaw, se limpió los labios con una servilleta y la dejó sobre la mesa con un suspiro de satisfacción—. Si ese hombre tiene alguna información sobre Weston, le escucharé encantado. Y he de decirte algo, Harvard: ¡siempre estás dándole vueltas al trabajo! Ése es tu problema.

—Buena comida, bodega excelente, mujeres hermosas... —se acercó para inclinarse ante Annabella, quien le dedicó una sonrisa—, ¡y en lo único que sabe pensar es en interrogar a un prisionero! ¡Qué aburrido!

La puerta se abrió y Fordyce se acercó a susurrarle algo a James al oído. James dejó su servilleta y se levantó.

—Parece que va a tener la oportunidad de hablar con Dowland antes de lo que cabría esperar, señor —le dijo a Cranshaw—. Está aquí, y ha solicitado verle con urgencia. ¡Y tengo entendido que trae a sir William Weston con él! Pero Harvard —la voz de James se volvió fría como el hielo—, ¿dónde va usted con tanta prisa? Fordyce, Lidell, detengan al capitán un momento. Hay algo que seguro es de su interés escuchar...

Veinticuatro

—Aquí estamos como tres viudas desconsoladas —se quejó Caroline dos días después de que los caballeros hubieran salido para Londres—. ¿Por qué tenemos que quedarnos aquí sentadas obedientemente esperando a que vuelvan? ¿Es que no podemos entretenernos de otro modo?

Annabella suspiró. Estaba lloviendo, lo cual era adecuado a su estado de ánimo. Que le hubieran arrebatado a Will de sus brazos apenas después de la boda era particularmente duro de soportar, pero sabía que tenía que limpiar su nombre y conseguir que Harvard fuera detenido por traición e intento de asesinato.

Cuando Hawes, el maestro de armas, había sabido del arresto de su capitán, se apresuró a culparle de todo. Su testimonio, junto con el del furtivo de James, bastó para aclarar el asunto del intento de asesinato. La declaración del capitán Dowland en la que decía haber visto a Will Weston acudir en ayuda del desafortunado Bellepheron y que él ni había necesitado ni recibido la ayuda de Harvard en Champlain, acabó por remachar el clavo.

—¿Y qué sugieres, Caro? —preguntó Alicia, interrumpiendo el curso de los pensamientos de Annabella.

—¡Pues que vayamos nosotras también a Londres! —exclamó, poniéndose en pie—. Algo habrá que hacer allí, y cualquier cosa es mejor que aburrirse aquí. A la señora Weston no le importará acompañarnos, pero apuesto que a lady Stansfield le encantará el plan. ¿Qué os parece?

Annabella se entusiasmó con la idea. Nunca había estado en Londres y la posibilidad tenía la virtud añadida de estar más cerca de Will.

—Bueno... —dijo Alicia, intentando no sonreír al ver el brillo en la mirada de su hermana—, quizá...

—¡Espléndido! —exclamó Caroline, aplaudiendo—. ¡Voy a hacer los preparativos! Y creo que no vamos a avisar a los caballeros. ¡Se enterarán enseguida!

El salón de baile de la mansión Stansfield había conocido ocasiones memorables, pero ninguna tan impresionante como el baile que organizó lady Stansfield una semana más tarde. La alta sociedad se había sorprendido de descubrir que lady Stansfield estaba de nuevo en la ciudad, acompañada no sólo de una sino de dos hermosísimas nietas, que no iban acompañadas de sus maridos.

Caroline y Alicia decidieron que Annabella no debía salir antes del baile, a pesar de su deseo de gozar de las delicias de la ciudad, y cuando llegó la noche del baile, Annabella tuvo que admitir que la estrategia de su hermana había funcionado. El salón de baile en sí mismo, decorado con pequeñas linternas de cristal de colores, era el entorno perfecto para Alicia y para ella. Ataviada con un vestido de encaje y seda en color fresa, Annabella se sentía más elegante que nunca.

Hugo Mundell, acompañado por su hermana y el prometido de ésta, John Dedicoat, estuvieron entre los primeros en llegar. Mundell parecía alegrarse enormemente de verla.

—Es costumbre felicitar a la novia después de la boda —dijo con una sonrisa—. ¡Pero por desgracia, lady Weston, yo me siento desolado por la noticia! ¡Will nos la ha robado antes de que el resto de nosotros hayamos tenido una oportunidad!

Annabella, divertida con la novedad de que se dirigieran a ella por su nombre de casada, le agradeció el cumplido y accedió a bailar con él más tarde.

—¿Pero dónde está Will esta noche? —insistió Mundell mirando a su alrededor—. ¡No habrá sido tan ingenuo como para dejarla sola tan pronto después de la boda!

—Alicia, Caroline y yo hemos venido sin nuestros maridos esta noche. ¡Tienen asuntos más serios de los que ocuparse! Will ha estado en el almirantazgo estos diez últimos días para solucionar el asunto de Harvard y el juicio por traición.

—Sí, ya lo había oído —Mundell frunció el ceño—. Me alegro de que Will haya salido con bien de todo ello. ¿Tienen idea de cómo volvió a surgir ese rumor?

Annabella acababa de ver a la señorita Hurst entrar en el salón del brazo de un caballero de edad con aire distinguido.

—Tengo mis sospechas —murmuró, y Mundell siguió la dirección de su mirada.

—Veo que la señorita Hurst ha venido con su última conquista. ¡Creo que alberga grandes esperanzas de ponerle a la altura! El caballero es el duque de Belston, y si bien no está ya en la flor de la vida y carece de tierras o fortuna, es lo bastante importante para despertar su interés.

Bastante tiempo después, en la misma velada, Annabella se encontró en el tocador de señoras con Ermina Hurst, que miró con disgusto su precioso vestido y el elegante recogido de sus bucles de color miel.

—Vaya, señora St Auby... o lady Weston, que es como supongo que he de llamarla ahora, ¡quién se iba a imaginar que podría pasar de ser un ratoncillo de campo a una dama de la alta sociedad con tanta facilidad! Además de ser la heredera de su abuela y cazar a Will Weston, claro. Pero tengo entendido —añadió con su habitual malicia—, que Will ya la ha abandonado hoy.

—Sólo para ocuparse de un importante asunto, señorita Hurst —contestó con recato—. Un asunto que quizás conozca usted. Propagar rumores siempre ha sido uno de sus principales logros, aunque usted no lo mencionara la primera vez que nos encontramos.

Ermina enrojeció.

—No tengo ni idea de...

—¿Ah, no? —sonrió—. ¿No recuerda una conversación que tuvo lugar en el baile de Taunton con un cierto capitán Jeffries? ¿De verdad no se acuerda de un rumor envenenado que le susurró al oído y que usted consideró que debía repetir al oído de su primo en el almirantazgo? ¿Acaso no tiene ni idea del dolor y los problemas que ha causado con ello? ¡Envidio su ignorancia, señorita Hurst!

—Advenediza y descarada palurda... —murmuró antes de salir—. ¡Espero haberte chafado el asunto! Will Weston no se merece nada mejor, y en cuanto a ti, descubrirás que hace falta algo más que una cara bonita y una abuela rica para ser aceptada en sociedad.

Se volvió para abrir la puerta, y al hacerlo se encontró con Alicia, Caroline Kilgaren y lady Stansfield al otro lado. Detrás de ellas, había media docena más de las más influyentes matronas de la buena sociedad.

—¡Qué comportamiento! —le dijo lady Jersey a lady Sefton—. Habrá que desear que Anthony Belston tenga a bien llevarla en un largo, largo viaje de novios.

Annabella acababa de empezar a bailar el vals con el conde de Manleigh cuando el mayordomo de lady Cassilis anunció al marqués de Mullineaux, el conde de Kilgaren y sir William Weston.

Había pasado unos días maravillosos... oculta por su traje dominó y la máscara, sonrió viéndolos entrar. Era innegable que los tres estaban magníficos. Vestían de chaqué, lo que inmediatamente los distinguió del resto de invitados disfrazados. Había en ellos un cierto aire de determinación, casi de severidad, cuando comenzaron a buscar a sus esposas errantes. Annabella sintió que el corazón le daba un vuelco. A pesar del dominó que la ocultaba, Will se dirigía directamente hacia ella cuando un viejo conocido le abordó.

Marcus Kilgaren se había acercado a su mujer mientras charlaba con un antiguo pretendiente, lord Cavendish, que estaba disfrutando indiscutiblemente de estar a su lado, puesto que el disfraz de Caroline, exquisito, era tan diáfano que no debería haber salido nunca de la tienda. El tal Cavendish se inclinaba hacia ella y en sus ojos brillaba la admiración y algo más que a Marcus le puso los pelos de punta.

—Creo que este baile me estaba reservado, señora.

Caroline abrió de par en par los ojos, del mismo modo que tantas veces le había visto hacer cuando la cortejaba.

—Creo que se equivoca, señor —contestó con dulzura—. No estoy comprometida para este baile...

—Pues ahora ya lo está —dijo Marcus, casi levantándola en el aire al asirla por la cintura—. Y he de decirte, querida Caro —añadió en voz baja—, que lo que en realidad preferiría en este momento es hacerte el amor, y no bailar. ¡Pero me conformo por el bien de lady Cassilis!

Para James Mullineaux acercarse a Alicia le recordó los días antes de su matrimonio, cuando su amada era asediada por una marea de admiradores y le era difícil hasta llegar junto a ella. Atravesó la multitud sin detenerse siquiera a saludar a los amigos y encontró a Alicia en el centro, sensacional con un dominó verde esmeralda y una máscara de terciopelo negro, con el capitán O'Neill a su lado. La deslumbrante lady Mullineaux, muy segura de su poder... su lady Mullineaux.

Tomó su mano y con la sonrisa que siempre conseguía erizarle la piel a ella, depositó un beso en la palma de su mano. No dijo una palabra. Se limitó a conducirla hasta un rincón apartado. Varias damas que los vieron llegar intercambiaron miradas desconsoladas. Estaba claro que el marqués no iba a tener ojos para nadie más. Él y su esposa desprendían tanto calor que acercarse sería correr riesgo de quemarse. ¡Y eso que se decía que el esposo y la esposa no debían prestarse atención en público!

Annabella apenas se dio cuenta de cuándo Will dio esquinazo a Frederick Manleigh. En un momento tenía al conde bebiéndosela con los ojos y al instante después, parecía haberse desvanecido por completo.

—¿Y bien, señora? —preguntó él muy serio, pero Annabella decidió seguirle el juego.

—Estoy muy bien, gracias, señor —contestó con una sonrisa—. ¡Lo he pasado de maravilla!

—Ya lo veo. He oído que la hermana pequeña de lady Mullineaux es la comidilla de la ciudad.

Annabella volvió a sonreír.

—¡Sin duda ha sido sólo un lapsus el que no le hayas mencionado a estos galantes caballeros que apenas hace diez días que eres mi esposa!

A punto estuvo de echarse a reír. Estaba convencida de que la severidad de su tono era impostada, lo mismo que el flirteo de ella. ¿Cómo podía ser de otro modo, cuando su cuerpo le estaba enviando el mensaje contrario?

—Por desgracia se me ha olvidado en más de una ocasión, seguramente debido al descuido en que me tiene mi marido.

Los ojos azules de Will brillaron con una mezcla de deseo y desafío que a ella le resultó embriagadora como el vino.

—No sé si te entiendo bien —dijo él—. ¿Quieres decir que tu atención puede distraerse por los encantadores atractivos de la ciudad y la falta de atención de tu legítimo marido?

—Es todo tan nuevo y excitante... estoy segura de que se me podría perdonar la sensación de estarme perdiendo algo, teniendo en cuenta que me enfrento a la aburrida vida de casada.

Tuvo que contener un chillido cuando Will la apoyó contra una de las columnas del salón.

—Estoy decidido a demostrarle a todos estos pisaverdes que están perdiendo el tiempo —dijo con la boca a escasos centímetros de la de ella—. ¿Crees que se consideraría un escándalo que te besase aquí y ahora, amor mío, o que te sacase de este salón para hacerte el amor?

—¿Por qué no lo averiguamos?

TÍTULOS DE LA COLECCIÓN

Amor interesado – Nicola Cornick
El jeque – Anne Herries
El caballero normando – Juliet Landon
La paloma y el halcón – Paula Marshall
Siete días sin besos – Michelle Styles
Mentiras del pasado – Denise Lynn
Una nueva vida – Mary Nichols
El amor del pirata – Ruth Langan
Enamorada del enemigo – Elizabeth Mayne
Obligados a casarse – Carolyn Davidson
La mujer más valiente – Lynna Banning
La pareja ideal – Jacqueline Navin

www.ingramcontent.com/pod-product-compliance
Lightning Source LLC
LaVergne TN
LVHW091624070526
838199LV00044B/920